3 1110 00428 2539

D1408960

COLLECTION FOLIO

Patrick Modiano

L'horizon

Gallimard

© *Éditions Gallimard, 2010.*

Pour Akako

Depuis quelque temps Bosmans pensait à certains épisodes de sa jeunesse, des épisodes sans suite, coupés net, des visages sans noms, des rencontres fugitives. Tout cela appartenait à un passé lointain, mais comme ces courtes séquences n'étaient pas liées au reste de sa vie, elles demeuraient en suspens, dans un présent éternel. Il ne cesserait de se poser des questions là-dessus, et il n'aurait jamais de réponses. Ces bribes seraient toujours pour lui énigmatiques. Il avait commencé à en dresser une liste, en essayant quand même de retrouver des points de repère : une date, un lieu précis, un nom dont l'orthographe lui échappait. Il avait acheté un carnet de moleskine noire qu'il portait dans la poche intérieure de sa veste, ce qui lui permettait d'écrire des notes à n'importe quel moment de la journée, chaque fois que l'un de ses souvenirs à éclipses lui traversait l'esprit. Il avait le sentiment de se livrer à un jeu de patience. Mais, à mesure qu'il remontait le cours du temps, il éprouvait parfois un regret : pourquoi avait-il suivi ce chemin plutôt qu'un autre ? Pourquoi avait-il laissé tel visage ou telle silhouette, coiffée d'une curieuse toque en fourrure et qui tenait en laisse un petit chien, se perdre dans l'inconnu ? Un vertige le prenait à la pensée de ce qui aurait pu être et qui n'avait pas été.

Ces fragments de souvenirs correspondaient aux années où votre vie est semée de carrefours, et tant d'allées s'ouvrent devant vous que vous avez l'embarras du choix. Les mots dont il remplissait son carnet évoquaient pour lui l'article concernant la « matière sombre » qu'il avait envoyé à une revue d'astronomie. Derrière les événements précis et les visages familiers, il sentait bien tout ce qui était devenu une matière sombre : brèves rencontres, rendez-vous manqués, lettres perdues, prénoms et numéros de téléphone figurant dans un ancien agenda et que vous avez oubliés, et celles et ceux que vous avez croisés sans même le savoir. Comme en astronomie, cette matière sombre était plus vaste que la partie visible de votre vie. Elle était infinie. Et lui, il répertoriait dans son carnet quelques faibles scintillements au fond de cette obscurité. Si faibles, ces scintillements, qu'il fermait les yeux et se concentrait, à la recherche d'un détail évocateur lui permettant de reconstituer l'ensemble, mais il n'y avait pas d'ensemble, rien que des fragments, des poussières d'étoiles. Il aurait voulu plonger dans cette matière sombre, renouer un à un les fils brisés, oui, revenir en arrière pour retenir les ombres et en savoir plus long sur elles. Impossible. Alors il ne restait plus qu'à retrouver les noms. Ou même les prénoms. Ils servaient d'aimants. Ils faisaient ressurgir des impressions confuses que vous aviez du mal à éclaircir. Appartenaient-elles au rêve ou à la réalité ?

Mérovée. Un nom ou un surnom ? Il ne fallait pas trop se concentrer là-dessus de crainte que le scintillement ne s'éteigne pour de bon. C'était déjà bien de l'avoir noté sur son carnet. Mérovée. Faire semblant de penser à autre chose, le seul moyen pour que le souvenir se précise de lui-même, tout naturellement, sans le forcer. Mérovée.

Il marchait le long de l'avenue de l'Opéra, vers sept heures du soir. Était-ce l'heure, ce quartier proche des Grands Boulevards et de la Bourse ? Le visage de Mérovée lui apparaissait maintenant. Un jeune homme aux cheveux blonds bouclés, avec un gilet. Il le voyait même habillé en groom — l'un de ces grooms à l'entrée des restaurants ou à la réception des grands hôtels, l'air d'enfants précocement vieillis. Lui aussi, ce Mérovée, il avait le visage flétri malgré sa jeunesse. On oublie les voix, paraît-il. Et pourtant il entendait encore le timbre de sa voix — un timbre métallique, un ton précieux pour dire des insolences qui se voulaient celles d'un gavroche ou d'un dandy. Et puis, brusquement, un rire de vieillard. C'était du côté de la Bourse, vers sept heures du soir, à la sortie des bureaux. Les employés s'écoulaient en groupes compacts, et ils étaient si nombreux qu'ils vous bousculaient sur le trottoir et que vous étiez pris dans leur flot. Ce Mérovée et deux ou trois personnes du même groupe sortaient de l'immeuble. Un gros garçon à la peau blanche, inséparable de Mérovée, buvait toujours ses paroles d'un air à la fois effarouché et admiratif. Un blond au visage osseux portait des lunettes teintées et une chevalière, et, le plus souvent, gardait le silence. Leur aîné devait avoir environ trente-cinq ans. Son visage était encore plus net dans le souvenir de Bosmans que celui de Mérovée, un visage empâté, un nez court qui lui faisait une tête de bouledogue sous des cheveux bruns plaqués en arrière. Il ne souriait jamais et il se montrait très autoritaire. Bosmans avait cru comprendre qu'il était leur chef de bureau. Il leur parlait avec sévérité comme s'il était chargé de leur éducation et les autres l'écoutaient, en bons élèves. C'est à peine si Mérovée se permettait de temps en temps une remarque insolente. Les autres membres du groupe, Bosmans ne s'en souvenait pas. Des ombres. Le malaise que lui causait ce nom, Mérovée, il le retrouvait quand deux mots lui étaient revenus en mémoire : « la Bande Joyeuse ».

Un soir que Bosmans comme d'habitude attendait Margaret Le Coz devant l'immeuble, Mérovée, le chef de bureau et le blond aux lunettes teintées étaient sortis les premiers et s'étaient dirigés vers lui. Le chef de bureau lui avait demandé à brûle-pourpoint :

« Vous voulez faire partie de la Bande Joyeuse ? »

Et Mérovée avait eu son rire de vieillard. Bosmans ne savait quoi répondre. La Bande Joyeuse ? L'autre, le visage toujours aussi sévère, le regard dur, lui avait dit : « C'est nous, la Bande Joyeuse », et Bosmans avait jugé cela plutôt comique à cause du ton lugubre qu'il avait pris. Mais, à les considérer tous les trois ce soir-là, il les avait imaginés de grosses cannes à la main, le long des boulevards, et, de temps en temps, frappant un passant par surprise. Et, chaque fois, on aurait entendu le rire grêle de Mérovée. Il leur avait dit :

« En ce qui concerne la Bande Joyeuse... laissez-moi réfléchir. »

Les autres paraissaient déçus. Au fond, il les avait à peine connus. Il avait été seul en leur présence pas plus de cinq ou six fois. Ils travaillaient dans le même bureau que Margaret Le Coz et c'était elle qui les lui avait présentés. Le brun à la tête de bouledogue était son supérieur et elle devait se montrer aimable avec lui. Un samedi après-midi, il les avait rencontrés sur le boulevard des Capucines, Mérovée, le chef de bureau et le blond aux lunettes teintées. Ils sortaient d'une salle de gymnastique. Mérovée avait insisté pour qu'il vienne prendre « un verre et un macaron » avec eux. Il s'était retrouvé de l'autre côté du boulevard à une table du salon de thé La Marquise de Sévigné. Mérovée semblait ravi de les avoir entraînés dans cet établissement. Il interpellait l'une des serveuses, en habitué du lieu, et commandait d'une voix tranchante « du thé et des macarons ». Les deux autres le considéraient avec une certaine indulgence, ce qui avait étonné Bosmans de la part du chef de bureau, lui si sévère d'habitude.

« Alors, pour notre Bande Joyeuse… vous avez pris une décision ? »

Mérovée avait posé la question à Bosmans d'un ton sec et celui-ci cherchait un prétexte pour quitter la table. Leur dire, par exemple, qu'il devait aller téléphoner. Il leur fausserait compagnie. Mais il pensait à Margaret Le Coz qui était leur collègue de bureau. Il risquait de les rencontrer de nouveau, chaque soir, quand il venait la chercher.

« Alors, ça vous dirait d'être un membre de notre Bande Joyeuse ? »

Mérovée insistait, de plus en plus agressif, comme s'il voulait provoquer Bosmans. On aurait cru que les deux autres se préparaient à suivre un match de boxe, le brun à tête de bouledogue avec un léger sourire, le blond impassible derrière ses lunettes teintées.

« Vous savez, avait déclaré Bosmans d'une voix calme, depuis le pensionnat et la caserne, je n'aime pas tellement les bandes. »

Mérovée, décontenancé par cette réponse, avait eu son rire de vieillard. Ils avaient parlé d'autre chose. Le chef de bureau, d'une voix grave, avait expliqué à Bosmans qu'ils fréquentaient deux fois par semaine la salle de gymnastique. Ils y pratiquaient diverses disciplines, dont la boxe française et le judo. Et il y avait même une salle d'armes avec un professeur d'escrime. Et, le samedi, on s'inscrivait pour un « cross » ou une « cendrée » au bois de Vincennes.

« Vous devriez venir faire du sport avec nous... »

Bosmans avait l'impression qu'il lui donnait un ordre.

« Je suis sûr que vous ne faites pas assez de sport... »

Il le fixait droit dans les yeux et Bosmans avait de la peine à soutenir ce regard.

« Alors, vous viendrez faire du sport avec nous ? »

Son gros visage de bouledogue s'éclairait d'un sourire.

« D'accord pour un jour de la semaine prochaine ? Je vous inscris rue Caumartin ? »

Cette fois-ci, Bosmans ne savait plus quoi répondre. Oui, cette insistance lui rappelait le temps lointain du pensionnat et de la caserne.

« Tout à l'heure, vous m'avez bien dit que vous

n'aimiez pas les bandes ? lui demanda Mérovée d'une voix aiguë. Vous préférez sans doute la compagnie de Mlle Le Coz ? »

Les deux autres avaient l'air gênés de cette remarque. Mérovée gardait le sourire, mais il semblait quand même craindre la réaction de Bosmans.

« Mais oui, c'est cela. Vous avez sans doute raison », avait répondu doucement Bosmans.

Il les avait quittés sur le trottoir. Ils s'éloignaient dans la foule, le chef de bureau et le blond aux lunettes teintées marchant côte à côte. Mérovée, légèrement en arrière, se retournait et lui faisait un geste d'adieu. Et si sa mémoire le trompait ? C'était peut-être un autre soir, à sept heures devant l'immeuble des bureaux, quand il attendait la sortie de Margaret Le Coz.

Quelques années plus tard, vers deux heures du matin, il traversait en taxi le carrefour où se croisent la rue du Colisée et l'avenue Franklin-Roosevelt. Le chauffeur s'arrêta au feu rouge. Juste en face, en bordure du trottoir, quelqu'un était immobile, très raide, vêtu d'une pèlerine noire, pieds nus dans des spartiates. Bosmans reconnut Mérovée. Le visage était amaigri, les cheveux coupés ras. Il se tenait là, en faction, et, au passage des rares voitures, il ébauchait chaque fois un sourire. Un rictus plutôt. On aurait dit qu'il faisait le tapin pour des clients d'outre-tombe. C'était une nuit de janvier, particulièrement froide. Bosmans avait envie de le rejoindre et de lui parler, mais il se dit que l'autre ne le reconnaîtrait pas. Il le voyait encore, à travers la vitre arrière et jusqu'à ce que la voiture tourne au Rond-Point. Il ne pouvait détacher les yeux de cette silhouette immobile, en pèlerine noire, et il se rappelait brusquement le gros garçon à la peau blanche qui accompagnait souvent Mérovée et semblait tant l'admirer. Qu'était-il devenu ?

Il y en avait des dizaines et des dizaines de fantômes de cette sorte. Impossible de donner un nom à la plupart d'entre eux. Alors, il se contentait d'écrire une vague indication sur son carnet. La fille brune avec la cicatrice, qui se trouvait toujours à la même heure sur la ligne Porte-d'Orléans / Porte-de-Clignancourt... Le plus souvent, c'était une rue, une station de métro, un café qui les aidaient à ressurgir du passé. Il se souvenait de la clocharde à la gabardine, l'allure d'un ancien mannequin, qu'il avait croisée à plusieurs reprises dans des quartiers différents : rue du Cherche-Midi, rue de l'Alboni, rue Corvisart...

Il s'était étonné que, parmi les millions d'habitants que comptait une grande ville comme Paris, on puisse tomber sur la même personne, à de longs intervalles, et chaque fois dans un endroit très éloigné du précédent. Il avait demandé son avis à un ami qui faisait des calculs de probabilités en consultant les numéros du journal *Paris Turf* des vingt dernières années, pour jouer aux courses. Non, pas de réponse à cela. Bosmans avait alors pensé que le destin insiste quelquefois. Vous croisez à deux, trois reprises la même personne. Et si vous ne lui adressez pas la parole, alors tant pis pour vous.

La raison sociale des bureaux ? Quelque chose comme « Richelieu Interim ». Oui, disons : Richelieu Interim. Un grand immeuble de la rue du Quatre-Septembre, autrefois le siège d'un journal. Une cafétéria au rez-de-chaussée, où il avait rejoint deux ou trois fois Margaret Le Coz parce que l'hiver de cette année-là était rude. Mais il préférait l'attendre dehors.

La première fois, il était même monté la chercher. Un énorme ascenseur de bois clair. Il avait pris l'escalier. À chaque étage, sur les doubles portes, une plaque avec le nom d'une société. Il avait sonné à celle qui indiquait Richelieu Interim. Elle s'était ouverte automatiquement. Au fond de la pièce, de l'autre côté d'une sorte de comptoir surmonté d'un vitrage, Margaret Le Coz était assise à l'un des bureaux, comme d'autres personnes autour d'elle. Il avait frappé à la vitre, elle avait levé la tête et lui avait fait signe de l'attendre en bas.

Il se tenait toujours en retrait, à la lisière du trottoir, pour n'être pas pris dans le flot de ceux qui sortaient de l'immeuble à la même heure tandis que retentissait une sonnerie stridente. Les premiers temps, il craignait de la manquer dans cette foule, et il lui avait proposé de porter un vêtement grâce auquel il pourrait la repérer : un manteau rouge. Il avait l'impression de guetter quelqu'un à l'arrivée d'un train, quelqu'un que vous essayez de reconnaître parmi les voyageurs qui passent devant vous. Ils sont de moins en moins nombreux. Des retardataires, là-bas, descendent du dernier wagon, et vous n'avez pas encore perdu tout espoir...

Elle avait travaillé une quinzaine de jours dans une annexe de Richelieu Interim, pas très loin, du côté de Notre-Dame-des-Victoires. Il l'attendait, là aussi, à sept heures du soir, au coin de la rue Radziwill. Elle était seule quand elle sortait du premier immeuble sur la droite, et, la voyant marcher vers lui, Bosmans avait pensé que Margaret Le Coz ne risquerait plus de se perdre dans la foule — une crainte qu'il éprouvait par moments, depuis leur première rencontre.

Ce soir-là, sur le terre-plein de la place de l'Opéra, des manifestants étaient rassemblés face à une rangée de CRS qui formaient une chaîne tout le long du boulevard, apparemment pour protéger le passage d'un cortège officiel. Bosmans était parvenu à se glisser à travers cette foule jusqu'à la bouche du métro, avant la charge des CRS. Il avait à peine descendu quelques marches que, derrière lui, des manifestants refluaient en bousculant ceux qui les précédaient dans les escaliers. Il avait perdu l'équilibre et entraîné une fille en imperméable devant lui, et tous deux, sous la pression des autres, étaient plaqués contre le mur. On entendait des sirènes de police. Au moment où ils risquaient d'étouffer, la pression s'était relâchée. Le flot continuait à s'écouler le long des escaliers. L'heure de pointe. Ils étaient montés ensemble dans une rame. Tout à l'heure, elle s'était blessée contre le mur et elle saignait à l'arcade sourcilière. Ils étaient descendus deux stations plus loin et il l'avait emmenée dans une pharmacie. Ils marchaient l'un à côté de l'autre à la sortie de la pharmacie. Elle portait un sparadrap au-dessus de l'arcade sourcilière, et il y avait une tache de sang sur le col de son imperméable. Une rue calme. Ils étaient les seuls passants. La nuit tombait. Rue Bleue. Ce nom avait paru irréel à Bosmans. Il se demandait s'il ne rêvait pas. Bien des années plus tard, il s'était retrouvé par hasard dans cette rue Bleue, et une pensée l'avait cloué au sol : Est-on vraiment sûr que les paroles que deux personnes ont échangées lors de leur première rencontre se soient dissipées dans le néant, comme si elles n'avaient jamais été prononcées ? Et ces murmures de voix, ces conversations au téléphone depuis une centaine d'années ? Ces milliers de mots chuchotés à l'oreille ? Tous ces lambeaux de phrases de si peu d'importance qu'ils sont condamnés à l'oubli ?

« Margaret Le Coz. Le Coz en deux mots.

— Vous habitez dans le quartier ?

— Non. Du côté d'Auteuil. »

Et si toutes ces paroles restaient en suspens dans l'air jusqu'à la fin des temps et qu'il suffisait d'un peu de silence et d'attention pour en capter les échos ?

« Alors, vous travaillez dans le quartier ?

— Oui. Dans des bureaux. Et vous ? »

Bosmans était surpris par sa voix calme, cette manière paisible et lente de marcher, comme pour une promenade, cette apparente sérénité qui contrastait avec le sparadrap au-dessus de l'arcade sourcilière et la tache de sang sur l'imperméable.

« Oh moi... je travaille dans une librairie...

— Ça doit être intéressant... »

Le ton était courtois, détaché.

« Margaret Le Coz, c'est breton ?

— Oui.

— Alors, vous êtes née en Bretagne ?

— Non. À Berlin. »

Elle répondait aux questions avec une grande politesse, mais Bosmans sentait qu'elle n'en dirait pas plus. Berlin. Une quinzaine de jours plus tard, il attendait Margaret Le Coz sur le trottoir, à sept heures du soir. Mérovée était sorti de l'immeuble le premier. Il portait un costume du dimanche — ces costumes aux épaules étriquées faits par un tailleur de l'époque, du nom de Renoma.

« Vous venez avec nous ce soir ? avait-il dit à Bosmans de sa voix métallique. Nous sommes de sortie… Une boîte des Champs-Élysées… Le Festival… »

Il avait lancé « Festival » d'un ton déférent comme s'il s'agissait d'un haut lieu de la vie nocturne et parisienne. Bosmans avait décliné l'invitation. Alors Mérovée s'était planté devant lui :

« Je vois… Vous préférez sortir avec la Boche… »

Il avait pour principe de ne jamais réagir à l'agressivité des autres, ni aux insultes ni aux provocations. Sauf par un sourire pensif. Étant donné sa taille et son poids, le combat aurait été, la plupart du temps, inégal. Et puis, après tout, les gens n'étaient pas si méchants que ça.

Ce premier soir, ils continuaient de marcher tous les deux, lui et Margaret Le Coz. Ils étaient arrivés avenue Trudaine, une avenue dont on dit qu'elle ne commence ni ne finit nulle part, peut-être parce qu'elle forme une sorte d'enclave ou de clairière et qu'il n'y passe que de rares voitures. Ils s'étaient assis sur un banc.

« Qu'est-ce que vous faites dans vos bureaux ?

— Un travail de secrétaire. Et je traduis du courrier en allemand.

— Ah oui, c'est vrai… Vous êtes née à Berlin… »

Il aurait voulu savoir pourquoi cette Bretonne était née à Berlin, mais elle restait silencieuse. Elle avait regardé sa montre.

« J'attends que l'heure de pointe soit passée pour reprendre le métro… »

Ils attendirent ainsi, dans un café, en face du lycée Rollin. Bosmans avait été, pendant deux ou trois ans, interne dans ce lycée, comme dans beaucoup d'autres pensionnats de Paris et de province. La nuit, il s'échappait du dortoir et marchait le long de l'avenue silencieuse jusqu'aux lumières de Pigalle.

« Vous avez fait des études ? »

Était-ce à cause de la proximité du lycée Rollin qu'il lui avait posé la question ?

« Non. Pas d'études.

— Moi non plus. »

Quelle drôle de coïncidence d'être assis en face d'elle, dans ce café de l'avenue Trudaine… Un peu plus loin, sur le même trottoir, l'« École commerciale ». Un camarade du lycée Rollin dont il avait oublié le nom, un garçon joufflu et brun, qui portait toujours des après-ski, l'avait convaincu de s'inscrire à cette « École commerciale ». Bosmans l'avait fait uniquement pour prolonger son sursis militaire, mais il n'y était resté que deux semaines.

« Vous croyez que je dois garder ce sparadrap ? »

Elle frottait du doigt son arcade sourcilière et le pansement, au-dessus de celle-ci. Bosmans était d'avis de garder le sparadrap jusqu'au lendemain. Il lui demanda si c'était douloureux. Elle haussa les épaules.

« Non, pas très douloureux… Tout à l'heure j'ai cru que j'allais étouffer… »

Cette foule, dans la bouche du métro, ces rames bondées, chaque jour, à la même heure… Bosmans avait lu quelque part qu'une première rencontre entre deux personnes est comme une blessure légère que chacun ressent et qui le réveille de sa solitude et de sa torpeur. Plus tard, quand il pensait à sa première rencontre avec Margaret Le Coz, il se disait qu'elle n'aurait pas pu se produire autrement : là, dans cette bouche de métro, projetés l'un contre l'autre. Et dire qu'un autre soir, au même endroit, ils auraient descendu le même escalier, dans la même foule et pris la même rame sans se voir… Mais était-ce vraiment sûr ?

« J'ai quand même envie d'enlever le sparadrap… »

Elle essayait d'en tirer l'extrémité, entre pouce et index, mais elle n'y parvenait pas. Bosmans s'était rapproché d'elle.

« Attendez… Je vais vous aider… »

Il tirait le sparadrap doucement, millimètre par millimètre. Le visage de Margaret Le Coz était tout près du sien. Elle tâchait de sourire. Enfin, il réussit à l'ôter complètement, d'un coup sec. La trace d'un hématome, au-dessus de l'arcade sourcilière.

Il avait laissé sa main gauche sur son épaule. Elle le fixait de ses yeux clairs.

« Demain matin, au bureau, ils vont croire que je me suis battue… »

Bosmans lui demanda si elle ne pouvait pas prendre un congé de quelques jours après cet « accident ». Elle lui sourit, apparemment émue d'une telle naïveté. Dans les bureaux de Richelieu Interim on ne retrouvait plus sa place à la moindre absence.

Ils marchèrent jusqu'à la place Pigalle, par le même chemin que suivait Bosmans quand il s'échappait des dortoirs du lycée Rollin. Devant la bouche du métro, il lui proposa de la raccompagner chez elle. Ne souffrait-elle pas trop de sa blessure ? Non. D'ailleurs, à cette heure-ci, les escaliers, les couloirs et les rames étaient vides et elle ne risquait plus rien.

« Venez me chercher un soir, à sept heures à la sortie des bureaux », lui dit-elle de sa voix calme, comme si désormais la chose allait de soi. « Au 25 rue du Quatre-Septembre. »

Ni l'un ni l'autre n'avaient de stylo ou de papier pour écrire cette adresse, mais Bosmans la rassura : il n'oubliait jamais le nom des rues et les numéros des immeubles. C'était sa manière à lui de lutter contre l'indifférence et l'anonymat des grandes villes, et peut-être aussi contre les incertitudes de la vie.

Il la suivait du regard pendant qu'elle descendait les marches. Et s'il l'attendait pour rien, le soir, à la sortie des bureaux ? Une angoisse le prenait à la pensée qu'il ne pourrait plus jamais la retrouver. Il essayait vainement de se rappeler dans quel livre était écrit que chaque première rencontre est une blessure. Il avait dû lire ça du temps du lycée Rollin.

Le premier soir où Bosmans était venu la chercher à la sortie des bureaux, elle lui avait fait un signe du bras, dans le flot de ceux qui passaient sous le porche. Elle était accompagnée par les autres, Mérovée, le brun à tête de bouledogue et le blond aux lunettes teintées. Elle les avait présentés en les appelant : « mes collègues ».

Mérovée leur avait proposé de prendre un verre, un peu plus loin, au Firmament, et Bosmans avait été frappé par sa voix métallique. Margaret Le Coz avait lancé un regard furtif à Bosmans avant de se tourner vers Mérovée. Elle lui avait dit :

« Je ne peux pas rester longtemps... Je dois rentrer plus tôt que d'habitude.

— Ah oui, vraiment ? »

Et Mérovée la dévisageait d'une manière insolente. Il s'était planté devant Bosmans et avait éclaté de son rire d'insecte.

« J'ai l'impression que vous voulez nous enlever Mlle Le Coz ? »

Bosmans avait répondu, d'un air pensif :

« Ah oui… vous croyez ? »

Dans le café, il s'était assis à côté d'elle, et
tous deux faisaient face aux trois autres. Le brun
à tête de bouledogue paraissait de mauvaise
humeur. Il se pencha vers Margaret Le Coz et
lui dit :

« Vous aurez bientôt fini la traduction du
rapport ?

— Demain soir, monsieur. »

Elle l'appelait monsieur parce qu'il était beaucoup plus âgé qu'eux tous. Oui, environ trente-
cinq ans.

« On n'est pas là pour parler travail », dit
Mérovée en fixant le brun à tête de bouledogue, l'air d'un enfant mal élevé qui s'attend
à recevoir une gifle.

L'autre ne broncha pas, comme s'il était habitué à de telles remarques et qu'il éprouvait même
une certaine indulgence pour ce jeune homme.

« C'est vous qui vous êtes battu avec notre
collègue ? »

Mérovée avait posé de manière impromptu
cette question à Bosmans, en lui désignant
l'arcade sourcilière de Margaret Le Coz.

Celle-ci demeurait impassible. Bosmans fit semblant de ne pas avoir entendu. Il y eut un silence.
Le garçon de café ne venait pas à leur table.

« Qu'est-ce que vous voulez boire ? » demanda le blond aux lunettes teintées.

« Tu leur demandes cinq demis sans faux col », dit Mérovée d'un ton sec.

Le blond se leva et marcha jusqu'au zinc pour passer la commande. Margaret Le Coz échangea un regard avec Bosmans, et il eut l'impression que c'était un regard complice. Il cherchait une phrase pour rompre le silence.

« Alors, vous travaillez dans le même bureau ? »

À peine l'eut-il prononcée que cette phrase lui sembla stupide. Et il se promit de ne plus faire aucun effort de conversation. Jamais.

« Pas dans le même bureau, dit Mérovée. Monsieur a un bureau pour lui tout seul. »

Et il désignait le brun à tête de bouledogue qui gardait un visage sévère. De nouveau, le silence. Margaret Le Coz ne touchait pas à son verre. Et Bosmans non plus n'éprouvait aucune envie de boire de la bière à cette heure-là.

« Et vous, qu'est-ce que vous faites dans la vie ? »

La question lui avait été posée par le brun à tête de bouledogue qui lui souriait d'un drôle de sourire contrastant avec la dureté du regard.

À partir de cet instant-là, leurs visages et leurs voix se perdent dans la nuit des temps — sauf le visage de Margaret —, le disque s'enraye avant de s'interrompre brutalement. D'ailleurs, c'était bientôt l'heure de fermeture du café dont

Bosmans ignorerait toujours pourquoi il s'appelait Le Firmament.

Ils marchent jusqu'à la station de métro. C'est ce soir-là que Margaret Le Coz lui dit qu'elle aimerait bien changer de travail et quitter définitivement Richelieu Interim et ses collègues de tout à l'heure. Elle lit chaque jour les petites annonces et, chaque jour, elle espère une phrase qui lui ouvrira d'autres horizons. Place de l'Opéra, quelques rares personnes entrent dans la bouche du métro. Ce n'est plus l'heure de pointe. Plus de cordons de CRS autour du terre-plein et le long du boulevard des Capucines, mais devant l'Opéra deux ou trois hommes se tiennent à côté de leurs grosses voitures de louage, attendant un client qui ne viendra pas.

Au moment de descendre l'escalier, Bosmans l'a prise par l'épaule comme s'il voulait la protéger d'une bousculade aussi violente que l'autre soir, mais ils suivent des couloirs déserts et ils sont seuls sur le quai à attendre la rame. Il se souvient d'un long trajet en métro au bout duquel il se retrouve dans la chambre de Margaret Le Coz, à Auteuil.

Il voulait savoir pour quelle raison elle avait choisi de louer une chambre dans ce quartier lointain.

« C'est plus sûr », avait-elle dit. Puis elle s'était tout de suite corrigée : « C'est plus tranquille... »

Bosmans avait surpris dans son regard une inquiétude, comme si elle courait un danger. Et un soir qu'ils s'étaient donné rendez-vous, après son travail, dans le bar de Jacques l'Algérien tout près de chez elle, il lui avait demandé si elle connaissait d'autres gens à Paris, en dehors de ses collègues de bureau. Elle avait eu un moment d'hésitation :

« Non... Personne... à part toi... »

Elle n'habitait Paris que depuis l'année précédente. Avant, elle avait séjourné en province et en Suisse.

Bosmans se rappelait les trajets interminables en métro avec Margaret Le Coz, aux heures de pointe. Et, depuis qu'il prenait des notes sur son carnet noir, il avait fait deux ou trois rêves où il la voyait dans la foule, à la sortie des bureaux. Et un rêve aussi où, de nouveau, ils étaient écrasés contre le mur, à cause de la pression de ceux que l'on poussait dans l'escalier derrière eux. Il s'était réveillé en sursaut. Une pensée lui était venue à l'esprit, qu'il avait notée dans son carnet, le lendemain : « À cette époque-là, sentiment d'être avec Margaret perdus dans la foule. » Il avait retrouvé deux cahiers verts de marque Clairefontaine dont les pages étaient remplies d'une petite écriture serrée qu'il avait fini par reconnaître : la sienne. Un livre qu'il essayait d'écrire l'année où il avait rencontré

Margaret Le Coz, une sorte de roman. Au fur et à mesure qu'il feuilletait les cahiers, il avait été frappé par l'écriture beaucoup plus serrée que celle qui était la sienne d'ordinaire. Et, surtout, il remarquait qu'elle occupait les marges et qu'il écrivait sans jamais aller à la ligne ou à la page, et qu'il n'y avait dans ce manuscrit aucun espace blanc. C'était sans doute sa manière à lui d'exprimer un sentiment d'asphyxie.

Il écrivait parfois l'après-midi dans la chambre de Margaret Le Coz, où il se réfugiait en son absence. La fenêtre mansardée donnait sur un jardin à l'abandon au milieu duquel se dressait un hêtre pourpre. Cet hiver-là, le jardin fut recouvert d'une couche de neige, mais, bien avant la date qu'indiquait le calendrier pour le début du printemps, les feuillages de l'arbre atteignaient presque la vitre de la fenêtre. Alors pourquoi, dans cette chambre paisible, à l'écart du monde, l'écriture, sur les pages des cahiers, était-elle si serrée ? Pourquoi donc ce qu'il écrivait était si noir et si étouffant ? Voilà des questions qu'il ne s'était jamais posées sur le moment.

On se sentait loin de tout, dans ce quartier, les samedis et les dimanches. Dès le premier soir où il était venu la chercher à la sortie des bureaux et qu'ils s'étaient retrouvés avec Mérovée et les autres, elle lui avait dit qu'elle préférait rester là-bas, les jours de congé. Ses collègues connaissaient-ils son adresse ? Mais non. Quand ils avaient voulu savoir où elle habitait, elle leur avait parlé d'un foyer d'étudiantes. En dehors des heures de bureau, elle ne les fréquentait pas. Elle ne fréquentait personne. Un samedi soir qu'ils étaient tous les deux à Auteuil au bar de Jacques l'Algérien, à une table du fond, devant le vitrail lumineux, il lui avait dit :

« Si je comprends bien, tu te caches et tu habites ici sous un faux nom… »

Elle avait souri, mais d'un sourire contraint. Apparemment, elle n'appréciait pas beaucoup ce genre d'humour. Sur le chemin du retour, à l'angle de la rue des Perchamps, elle s'était arrêtée, comme si elle avait décidé de lui faire un aveu. Ou bien craignait-elle que quelqu'un ne l'attende là-bas, devant la porte cochère de l'immeuble ?

« Il y a un type qui me cherche depuis quelques mois… »

Bosmans lui avait demandé qui était ce type. Elle avait haussé les épaules. Elle regrettait peut-être de lui avoir fait cette confidence.

« Un type que j'ai connu…

— Et tu as peur de lui ?

— Oui. »

Maintenant, elle paraissait soulagée. Elle restait immobile et fixait Bosmans de ses yeux clairs.

« Il connaît ton adresse ?

— Non. »

Ce type ne savait pas non plus où elle travaillait. Bosmans essayait de la rassurer. Paris est grand. Impossible de retrouver quelqu'un dans la cohue des heures de pointe. Ils ne se distinguaient pas de la foule, tous les deux. Ils étaient des anonymes. Comment repérer une Margaret Le Coz ? Et un Jean Bosmans ? Il l'avait prise par l'épaule, ils marchaient le long de la rue des Perchamps. Il faisait nuit et ils s'efforçaient de ne pas glisser sur les plaques de verglas. Le silence autour d'eux. Bosmans entendait sonner la cloche d'une église. Il compta les coups à voix haute en la serrant plus fort contre lui. Onze heures du soir. À cette heure-là, seul le bar de Jacques l'Algérien, rue Poussin, restait ouvert dans ce quartier. Bosmans se sentit très loin de Paris.

« Il n'y a aucune raison pour que quelqu'un te repère ici.

— Tu crois ? »

Elle regardait devant elle, d'un air inquiet, l'entrée de l'immeuble. Personne. D'autres soirs, elle n'y pensait pas. D'autres jours, elle lui demandait de venir sans faute la chercher à la sortie de son travail. Elle avait peur que le « type » n'ait retrouvé sa trace. Il aurait voulu en savoir plus, mais elle était réticente à lui donner des détails. Et pendant les moments d'insouciance, Bosmans espérait qu'elle finirait par tout oublier.

Un samedi soir, ils sortaient d'un cinéma à Auteuil. Elle lui avait dit qu'elle croyait qu'un homme les suivait. Il s'était retourné, mais elle l'avait pris par le bras et l'entraînait pour qu'ils pressent le pas. Un homme marchait en effet à une vingtaine de mètres, derrière eux, une silhouette de taille moyenne dans un manteau à chevrons.

« On l'attend ? » demanda Bosmans d'un ton enjoué.

Elle lui serrait le bras et le tirait en avant. Mais il ne bougeait pas. L'autre se rapprochait. Il passa devant eux sans leur prêter attention. Non, heureusement, ce n'était pas celui qu'elle croyait.

De retour dans la chambre de la rue des Perchamps, il lui avait dit, sur le ton de la plaisanterie :

« Et alors, ce type… j'aimerais quand même savoir comment il est… pour le reconnaître dans la rue… »

Un brun, d'une trentaine d'années, assez grand, le visage maigre. En somme, Margaret restait dans le vague en lui faisant ce portrait. Mais il continuait à lui poser des questions. Non, cet homme n'habitait pas à Paris. Elle l'avait connu en province ou en Suisse, elle ne se souvenait plus très bien. Une mauvaise rencontre. Et quel était son métier ? Elle ne savait pas trop, une sorte de voyageur de commerce, toujours en déplacement dans les hôtels de province, et de temps en temps à Paris. Elle était de plus en plus évasive, et Bosmans devinait que pour combattre sa peur elle enveloppait cet individu d'une brume, elle dressait entre elle et lui une sorte de vitre dépolie.

Cette nuit-là, dans la chambre, il lui disait que cela n'avait aucune importance. Il fallait simplement ignorer cet individu et, s'il se présentait un jour, passer devant lui sans même lui jeter un regard. D'ailleurs, elle n'était pas la seule à vouloir éviter quelqu'un. Lui non plus, il ne pouvait pas traverser certains quartiers de Paris sans appréhension.

« Alors, toi aussi... tu as peur de rencontrer des gens ?

— Imagine un couple d'une cinquantaine d'années, lui avait dit Bosmans. Une femme aux cheveux rouges et au regard dur, un homme brun, l'air d'un prêtre défroqué. La femme aux cheveux rouges, c'est ma mère, si j'en crois l'état civil. » À cette époque de sa jeunesse, chaque fois que Bosmans avait le malheur de rencontrer le couple s'il se risquait rue de Seine et dans les environs, c'était toujours la même chose : sa mère marchait vers lui, le menton agressif, et lui demandait de l'argent, sur le ton autoritaire avec lequel on réprimande un enfant. Le brun se tenait à l'écart, immobile, et le considérait sévèrement, comme s'il voulait lui faire honte d'exister. Bosmans ignorait pourquoi ces deux êtres lui témoignaient un tel mépris. Il fouillait dans sa poche en espérant y trouver quelques billets de banque. Il les tendait à sa mère, qui les empochait d'un geste brusque. Ils s'éloignaient tous deux, très raides et très dignes, l'homme avec une cambrure de torero. Il ne restait plus à Bosmans de quoi prendre un ticket de métro.

« Mais pourquoi tu leur donnes de l'argent ? »

Elle paraissait vraiment intriguée de ce que venait de lui dire Bosmans.

« C'est vraiment ta mère ? Et tu n'as pas d'autre famille ?

— Non. »

Elle avait oublié quelques instants cet homme dont elle craignait qu'il ne l'attende un soir, devant l'immeuble.

« Tu vois bien que tout le monde risque de faire de mauvaises rencontres », avait dit Bosmans.

Et il avait ajouté que le couple, à plusieurs reprises, avait frappé à la porte de sa chambre dans le quatorzième arrondissement pour lui réclamer de l'argent. Une seule fois, il ne leur avait pas ouvert. Mais ils étaient revenus plus tard. L'homme attendait dans la rue, toujours habillé de noir, le port de tête altier. Sa mère était montée et avait demandé l'argent d'une voix sèche, comme si elle s'adressait à un locataire qui n'avait pas payé son loyer depuis longtemps. De la fenêtre, il les avait vus s'éloigner le long de la rue, toujours aussi raides et aussi dignes.

« Heureusement, j'ai changé d'adresse. Ils ne peuvent plus me rançonner. »

Ce soir-là, il lui avait encore posé des questions. Elle n'avait plus de nouvelles de ce type depuis qu'elle travaillait à Richelieu Interim. Elle aussi avait changé d'adresse pour qu'il perde sa trace. Avant de se fixer dans cette chambre à Auteuil, elle avait habité plusieurs hôtels près de l'Étoile, dont l'un, rue Brey. Et c'était là qu'il avait fini par la retrouver. Elle s'était échappée de cet hôtel en pleine nuit, sans même avoir fait sa valise.

« Alors, tu n'as rien à craindre, lui avait dit Bosmans. Il doit être là-bas en train de monter la garde jusqu'à la fin des temps. »

Elle avait éclaté de rire, ce qui avait rassuré Bosmans. Les deux autres aussi l'attendaient peut-être à son ancienne adresse, pour lui demander encore de l'argent. Il les imaginait sur le trottoir, la femme aux cheveux rouges, la tête haute, en figure de proue, et l'homme toujours aussi raide dans sa cambrure de torero.

« Et comment il s'appelle, ce type ? avait demandé Bosmans. Tu peux au moins me dire son nom. »

Elle avait hésité, un instant. Une expression d'inquiétude avait traversé son regard.

« Boyaval.

— Il n'a pas de prénom ? »

Elle ne répondait rien. De nouveau, elle paraissait préoccupée. Bosmans n'avait pas insisté.

La neige tombait, cette nuit-là. Il suffisait, avait-il dit à Margaret, de se persuader que l'on se trouvait très loin de Paris, à la montagne, quelque part en Engadine. Ces trois syllabes étaient douces à prononcer, elles vous apaisaient et vous faisaient oublier toutes les mauvaises rencontres.

Boyaval. Il était content d'avoir mis un nom sur cet individu qui semblait tant préoccuper Margaret. Une fois que l'on savait le nom, on pouvait affronter le danger. Il se proposait, à l'insu de Margaret, de neutraliser ce Boyaval comme il avait neutralisé la femme aux cheveux rouges — sa mère, paraît-il — et l'homme vêtu de noir dont il hésitait à dire s'il avait l'allure d'un prêtre défroqué ou d'un faux torero.

Avec le temps… L'autre jour, il suivait la rue de Seine. Le quartier avait changé depuis l'époque lointaine de la femme aux cheveux rouges et du prêtre défroqué. Et pourtant il voyait s'avancer vers lui, sur le trottoir où il marchait, une femme de haute taille avec une canne. De loin il la reconnut, bien qu'il ne l'eût pas rencontrée depuis trente ans : celle qui, selon l'état civil, était sa mère. Elle n'avait plus les cheveux rouges, mais blancs. Elle portait un imperméable vert bouteille, de coupe militaire, des chaussures de montagne, et sur le devant une sorte de besace, retenue par une courroie à l'épaule. Elle marchait d'un pas ferme. Apparemment, la canne ne lui servait à rien, une canne qui semblait plutôt un alpenstock.

Elle aussi le reconnut. Il s'était arrêté à la hauteur de l'ancien café Fraysse et la regardait dans les yeux, pétrifié, comme s'il faisait face à une Gorgone. Elle le dévisageait, le menton tendu, d'un air de défi. Elle lui lança un flot d'injures dans une langue gutturale qu'il ne comprenait pas. Elle leva sa canne et tenta de le frapper à la tête. Mais il était trop grand et la canne vint heurter son épaule, lui causant une douleur assez vive.

Il se recula. Le bout ferré lui effleura le cou. Elle s'appuyait maintenant sur la canne, très raide, le menton toujours arrogant, et le fixait de ses yeux qui semblaient à Bosmans beaucoup plus petits et plus durs qu'autrefois.

Il s'écarta poliment pour lui laisser le passage.

« Madame… »

Elle ne bougeait pas. D'un geste impérieux, elle tendit sa main grande ouverte. Mais Bosmans n'avait pas d'argent sur lui.

Il poursuivit son chemin. Il était arrivé à la hauteur du square de la rue Mazarine et il se retourna. Là-bas, elle se tenait immobile, l'observant dans une attitude hautaine. Il passa une main sur son cou et remarqua du sang au bout de ses doigts. C'était la canne qui l'avait blessé. Mon Dieu, comme ce qui nous a fait souffrir autrefois paraît dérisoire avec le temps, et comme ils deviennent dérisoires aussi ces gens que le hasard ou le mauvais sort vous avaient imposés pendant votre enfance ou votre adolescence, et sur votre état civil. Ainsi, de tout cela, il ne restait plus qu'une sorte de vieille alpiniste alle-mande avec son uniforme vert bouteille, sa besace et son alpenstock, là-bas sur le trottoir. Bosmans éclata de rire. Il traversa le pont des Arts et pénétra dans la cour du Louvre.

Il y jouait, enfant, pendant de longs après-midi. Le commissariat de police, là-bas, à droite, au fond de la grande cour Carrée, ce commissariat qui lui faisait si peur, les agents devant l'entrée, l'allure de douaniers sur le seuil d'un poste frontière, tout cela n'existait plus. Il marchait droit devant lui. La nuit était tombée. Il arriva bientôt à l'entrée de la petite rue Radziwill, là où il attendait Margaret Le Coz, quand elle travaillait dans une annexe de Richelieu Interim. Elle occupait seule les bureaux de cette annexe et elle était vraiment soulagée de ne plus avoir « sur le dos » — comme elle disait — Mérovée et les autres. Elle se méfiait d'eux, en particulier de Mérovée et du chef de bureau, le brun à tête de bouledogue. Un jour que Bosmans lui avait demandé en quoi consistait exactement le travail à Richelieu Interim, elle lui avait dit :

« Tu sais, Jean, ils ont des liens avec la préfecture de police. »

Mais elle s'était aussitôt reprise :

« Oh, c'est un travail administratif... Un peu comme de la sous-traitance... »

Il n'osait pas lui avouer qu'il ignorait la signification de « sous-traitance » et, d'ailleurs, il sentait qu'elle-même voulait rester dans le vague. Il lui avait quand même demandé :

« Pourquoi la préfecture de police ?

— Je crois que Mérovée et les autres travaillent un peu pour la préfecture de police… Mais ça ne me regarde pas… Ils me demandent de taper à la machine et de traduire des rapports pour six cents francs par mois… Le reste… »

Bosmans avait l'impression qu'elle lui donnait ces quelques détails comme pour se justifier. Il avait fait une dernière tentative :

« Mais c'est quoi, au juste, Richelieu Interim ? »

Elle avait haussé les épaules.

« Oh… une sorte de cabinet de contentieux… »

Il ne savait pas plus ce que « contentieux » signifiait que « sous-traitance ». Et il n'avait vraiment pas envie qu'elle le lui explique. De toute manière, lui avait-elle dit, j'espère bientôt trouver un nouveau travail. Ainsi, Mérovée et les autres travaillaient « un peu » pour la préfecture de police… Cela évoquait un mot qui malgré sa sonorité caressante avait quelque chose de sinistre : donneuse. Mais Margaret le connaissait-elle ?

Il l'attendait toujours à la même heure à l'entrée de la rue Radziwill, une rue étroite où aucune voiture ne passait et dont Bosmans se demandait si elle n'était pas une impasse. À cette heure-là, il faisait nuit. À deux ou trois reprises, il était même venu la chercher dans son bureau, à cause du froid trop vif pour attendre dehors. Le premier immeuble, à droite. On entrait par une porte très basse. Un escalier à double mouvement où celui qui montait ne croisait jamais celui qui descendait. Et puis l'immeuble avait une autre porte cochère, rue de Valois. Il avait dit à Margaret, pour plaisanter, qu'elle n'avait rien à craindre du dénommé Boyaval. S'il la guettait dehors, elle s'échapperait par l'autre issue. Et s'ils se trouvaient par hasard dans l'escalier double, elle et Boyaval, ils ne se rencontreraient jamais et elle aurait le temps de s'enfuir. Elle l'écoutait avec attention, mais ces conseils ne semblaient pas vraiment la rassurer.

Quand Bosmans venait la rejoindre, il traversait un hall aux murs couverts de casiers métalliques et au centre duquel une grande table était encombrée de dossiers et de classeurs. Le téléphone sonnait sans que personne réponde. La pièce où elle travaillait était plus petite et sa fenêtre donnait sur la rue de Valois. La cheminée et la glace au-dessus de celle-ci indiquaient que ce bureau avait été autrefois une chambre. Les soirs où il se retrouvait là avec elle, avant qu'ils descendent l'escalier double et sortent par la rue de Valois, il avait la certitude qu'ils étaient hors du temps, et à l'écart de tout, peut-être encore plus que dans la chambre d'Auteuil.

Le silence, le téléphone du hall qui sonnait pour rien, la machine à écrire sur laquelle Margaret achevait de taper un « rapport », tout cela laissait à Bosmans une impression de rêve éveillé.

Ils rejoignaient la station de métro en suivant les arcades désertes du Palais-Royal. Bosmans se souvenait de la galerie marchande de cette station de métro en se demandant si elle existait encore aujourd'hui. Il y avait là des magasins divers, un coiffeur, un fleuriste, un marchand de tapis, des cabines téléphoniques, une vitrine de lingerie féminine avec des gaines d'un autre temps, et tout au bout une estrade où des hommes, sur des fauteuils en cuir, se faisaient cirer leurs chaussures par des Nord-Africains accroupis à leurs pieds. D'ailleurs, un panneau, au début de la galerie, portait cette inscription avec une flèche, qui intriguait Bosmans depuis son enfance : W.-C. CIREURS.

Un soir que Margaret et lui passaient devant cette estrade de « W.-C. CIREURS » avant de descendre les escaliers qui menaient aux quais du métro, elle tira Bosmans par le bras. Elle lui dit à voix basse qu'elle avait cru reconnaître Boyaval qui se faisait cirer les chaussures, assis sur l'un des fauteuils.

« Attends une minute », lui dit Bosmans.

Il la laissa au seuil des escaliers et marcha d'un pas ferme en direction de « W.-C. CIREURS ». Un seul client, assis sur l'un des fauteuils de l'estrade, dans un manteau beige. C'était un brun d'une trentaine d'années au visage maigre mais d'apparence prospère. Il aurait pu tenir un garage du côté des Champs-Élysées ou même un restaurant dans le même quartier. Il fumait une cigarette pendant qu'un petit homme aux cheveux blancs, agenouillé, lui cirait les chaussures, et cela ne plaisait pas à Bosmans, et même l'indignait. Lui, d'ordinaire si doux et si timide, il avait parfois de brusques accès de colère et de révolte. Il hésita une seconde, posa une main sur l'épaule de l'homme et il y pressa très fort les doigts. L'autre lui jeta un regard stupéfait :

« Vous allez me lâcher ! »

La voix était dure, menaçante. Bosmans espéra de tout son cœur que cet individu fût Boyaval. Il aimait voir le danger en face. Il relâcha la pression de ses doigts.

« Vous êtes monsieur Boyaval ?

— Pas du tout. »

L'homme se leva et se planta devant Bosmans dans une attitude défensive.

« Vous en êtes sûr ? lui demanda Bosmans d'une voix calme. Vous n'êtes pas Boyaval ? »

Il dominait l'homme d'une tête et pesait plus lourd que lui. L'autre paraissait s'en rendre compte. Il restait muet.

« Alors, tant pis. »

Il rejoignit Margaret au seuil de l'escalier. Elle était très pâle.

« Alors ?

— Ce n'est pas lui. »

Ils étaient tous deux assis sur l'un des bancs, en attendant la rame du métro. Il remarqua que les mains de Margaret tremblaient légèrement.

« Mais pourquoi tu as si peur de lui ? »

Elle ne répondait pas. Il regrettait que cet

46

homme ne fût pas Boyaval. Il avait espéré en finir une fois pour toutes. C'était idiot, cette menace dans l'air, ce type présent mais invisible qui la terrorisait sans qu'elle lui dise exactement pourquoi. Lui n'avait peur de rien. Du moins le répétait-il à Margaret pour la rassurer. Quand on avait eu affaire depuis son enfance à la femme aux cheveux rouges et au prêtre défroqué, on ne se laissait impressionner par personne. Il le répétait encore à Margaret, là, sur le banc du métro. Il voulait la distraire en lui décrivant ce couple qu'il devait encore affronter de temps en temps, au hasard d'une rue : l'homme avec sa brosse courte, ses joues creuses, son regard d'inquisiteur ; la femme au menton tragique, toujours aussi méprisante dans sa veste afghane... Elle l'écoutait et finissait par sourire. Il lui disait que tout cela n'avait pas beaucoup d'importance, ni ces deux individus qui le poursuivaient de leur hostilité sans qu'il comprenne pourquoi et lui réclamaient chaque fois de l'argent, ni Boyaval, ni rien. D'un jour à l'autre, ils pouvaient quitter Paris pour de nouveaux horizons. Ils étaient libres. Elle hochait la tête comme s'il l'avait convaincue. Ils restaient assis sur le banc et laissaient passer les rames du métro.

Quelqu'un lui avait chuchoté une phrase dans son sommeil : Lointain Auteuil, quartier charmant de mes grandes tristesses, et il la nota dans son carnet, sachant bien que certains mots que l'on entend en rêve, et qui vous frappent et que vous vous promettez de retenir, vous échappent au réveil ou bien n'ont plus aucun sens.

Il avait rêvé cette nuit-là de Margaret Le Coz, ce qui lui arrivait rarement. Ils étaient tous les deux assis à une table du bar de Jacques l'Algérien, la table la plus proche de la porte d'entrée, et celle-ci était grande ouverte sur la rue. C'était une fin d'après-midi d'été et Bosmans avait le soleil dans les yeux. Il se demanda si son visage était celui d'aujourd'hui ou bien celui de ses vingt et un ans. Certainement le visage de ses vingt et un ans. Sinon, elle l'aurait regardé d'un drôle d'air et ne l'aurait pas reconnu. Tout baignait dans une lumière limpide, à cause de la porte ouverte sur la rue. Quelques mots lui vinrent à l'esprit, sans doute le titre d'un livre : Une porte sur l'été. Pourtant c'était en hiver qu'il avait connu Margaret Le Coz, un hiver très froid qui lui avait semblé interminable. Le bar de Jacques l'Algérien était un refuge où l'on s'abrite des tempêtes de neige et il ne se rappelait pas y avoir retrouvé Margaret en été.

Il constatait un phénomène étrange : ce rêve éclairait par sa lumière tout ce qui avait été réel, les rues, les gens que Margaret et lui avaient côtoyés ensemble. Et si cette lumière avait été la vraie, celle dans laquelle ils baignaient tous les deux à cette époque ? Alors pourquoi avoir rempli, en ce temps-là, les deux cahiers, d'une petite écriture qui trahissait une sensation d'angoisse et d'asphyxie ?

Il crut trouver la réponse : tout ce que l'on vit au jour le jour est marqué par les incertitudes du présent. Par exemple, à chaque coin de rue, elle craignait de tomber sur Boyaval, et Bosmans, sur le couple inquiétant qui le poursuivait — sans qu'il comprenne pourquoi — de sa malveillance et de son mépris et lui aurait volontiers fait les poches, s'il était mort, là, dans la rue, d'une balle au cœur. Mais de loin, avec la distance des années, les incertitudes et les appréhensions que vous viviez au présent se sont effacées, comme les brouillages qui vous empêchaient d'entendre à la radio une musique cristalline. Oui, quand j'y pense maintenant, c'était tout à fait comme dans le rêve : Margaret et moi, assis l'un en face de l'autre dans une lumière limpide et intemporelle. C'est d'ailleurs ce que nous expliquait le philosophe que nous avions rencontré un soir à Denfert-Rochereau. Il disait :

« Le présent est toujours plein d'incertitudes, hein ? Vous vous demandez avec angoisse ce que va être le futur, hein ? Et puis le temps passe et ce futur devient du passé, hein ? »

Et à mesure qu'il parlait, il ponctuait les phrases de ce hennissement de plus en plus douloureux.

Quand il lui avait demandé pourquoi elle avait choisi une chambre dans ce quartier lointain d'Auteuil, elle avait répondu :

« C'est plus sûr. »

Lui aussi s'était réfugié presque à la périphérie, tout au bout de la Tombe-Issoire, pour échapper à ce couple agressif qui le poursuivait. Mais ils avaient découvert son adresse, et sa mère était venue, un soir, taper du poing à la porte de sa chambre tandis que l'homme attendait dans la rue. Le lendemain, le quartier de la Tombe-Issoire et de Montsouris lui avait semblé beaucoup moins sûr qu'il ne l'avait cru. Il se retournait avant d'entrer dans l'immeuble et, quand il montait l'escalier, il avait peur que les deux autres ne l'attendent au fond du couloir, devant la porte de sa chambre. Et puis, au bout de quelques jours, il n'y pensait plus. Il avait trouvé une autre chambre dans le même quartier, rue de l'Aude. Heureusement, il faut aussi compter, comme le disait le philosophe, sur l'insouciance de la jeunesse, hein ? Il y avait même des jours de soleil où Margaret ne le fixait plus de ses yeux inquiets.

Lointain Auteuil... Il regardait le petit plan de Paris, sur les deux dernières pages du carnet de moleskine. Il avait toujours imaginé qu'il pourrait retrouver au fond de certains quartiers les personnes qu'il avait rencontrées dans sa jeunesse, avec leur âge et leur allure d'autrefois. Ils y menaient une vie parallèle, à l'abri du temps... Dans les plis secrets de ces quartiers-là, Margaret et les autres vivaient encore tels qu'ils étaient à l'époque. Pour les atteindre, il fallait connaître des passages cachés à travers les immeubles, des rues qui semblaient à première vue des impasses et qui n'étaient pas mentionnées sur le plan. En rêve, il savait comment y accéder à partir de telle station de métro précise. Mais, au réveil, il n'éprouvait pas le besoin de vérifier dans le Paris réel. Ou, plutôt, il n'osait pas.

Un soir, il attendait Margaret sur le trottoir de l'avenue de l'Observatoire, appuyé contre la grille du jardin, et ce moment était détaché des autres, figé dans l'éternité. Pourquoi ce soir-là, avenue de l'Observatoire ? Mais, bientôt, l'image bougeait de nouveau, le film continuait son cours et tout était simple et logique. C'était le premier

soir où elle était allée chez le professeur Ferne.
D'Auteuil, ils avaient pris le métro jusqu'à
Montparnasse-Bienvenüe. De nouveau, l'heure
de pointe. Alors ils avaient préféré marcher,
le reste du chemin. Elle était très en avance sur
l'heure du rendez-vous. Les saisons se confon-
daient. Ce devait être encore en hiver, peu de
temps après le bref passage de Margaret dans
les bureaux de la rue Radziwill. Et pourtant,
lorsqu'ils furent arrivés au seuil des jardins de
l'Observatoire, il semblait à Bosmans, avec quarante ans de distance, que c'était un soir de
printemps ou d'été. Les feuillages des arbres
formaient une voûte au-dessus du trottoir qu'ils
suivaient, Margaret et lui. Elle lui avait dit :

« Tu peux m'accompagner. »

Mais il jugeait que cela ne faisait pas très
sérieux. Non, il l'attendrait en face de l'immeuble où habitait ce professeur Ferne. Il regardait
la façade. Quel était l'étage du professeur
Ferne ? Certainement là où une rangée de portes-
fenêtres étaient éclairées. Le dos contre la grille
du square, il pensait que peut-être, à partir de
ce soir-là, leur vie prendrait un cours nouveau.
Tout était paisible et rassurant par ici, les feuillages des arbres, le silence, la façade de l'immeuble où étaient sculptées, au-dessus de la porte
cochère, des têtes de lions. Et ces lions semblaient
monter la garde et considérer Bosmans d'un
air rêveur. L'une des portes-fenêtres s'ouvrirait
et l'on entendrait quel-qu'un jouer du piano.

Quand elle était sortie de l'immeuble, elle lui avait dit que tout était d'accord. Elle avait vu la femme du professeur. Elle ne s'occuperait pas des enfants à temps complet mais trois jours par semaine. La femme du professeur lui avait expliqué qu'il ne s'agissait pas vraiment d'un emploi de gouvernante. Non. Ce serait plutôt comme une jeune fille au pair, à cette différence près qu'elle n'était pas obligée de dormir sur place.

Ce soir-là, il lui avait proposé de lui montrer sa chambre, au fond du quatorzième, rue de l'Aude. Ils n'avaient pas pris le métro. Ils marchaient le long d'une avenue bordée d'hospices et de couvents, à proximité de l'Observatoire où Bosmans imaginait quelques savants, dans le silence et la pénombre, qui observaient au téléscope les étoiles. Peut-être ce professeur Ferne se trouvait-il parmi eux. De quoi pouvait-il être professeur ? Margaret l'ignorait. Elle avait remarqué une grande bibliothèque dans l'appartement avec une échelle de bois clair pour accéder aux derniers rayonnages. Tous les livres étaient reliés et paraissaient très anciens.

Le jour où elle avait appris qu'elle devait se présenter chez le professeur Ferne, Bosmans était venu la chercher à son bureau plus tôt que d'habitude. Il fallait qu'elle passe à l'agence de placement Stewart, faubourg Saint-Honoré, pour qu'on lui donne l'adresse du professeur Ferne et qu'on lui précise le jour et l'heure du rendez-vous.

Ils avaient été reçus par un homme blond aux petits yeux bleus dont Bosmans s'était demandé s'il s'agissait de M. Stewart lui-même. Celui-ci n'avait pas semblé étonné de la présence de Bosmans et les avait invités à s'asseoir tous les deux sur des fauteuils de cuir, en face de son bureau.

« On vous a enfin trouvé du travail, avait-il dit à Margaret. Ce n'est pas trop tôt... »

Et Bosmans avait compris qu'elle s'était inscrite à l'agence Stewart bien avant de travailler pour Richelieu Interim.

« C'est dommage, avait remarqué le blond, que vous n'ayez pas pu obtenir un certificat de M. Bagherian chez qui vous étiez employée en Suisse.

— Je n'ai plus son adresse », avait dit Margaret. Il sortit d'un classeur une fiche qu'il posa devant lui. Bosmans remarqua, dans le haut de celle-ci, une photo d'identité. Le blond prit sur le bureau une feuille de papier à lettres à l'en-tête de l'agence Stewart. Il recopiait sur celle-ci les indications qui étaient écrites sur la fiche. Il fronça les sourcils et leva la tête :

« Vous êtes bien née à Berlin — Reinicken-dorf ? »

Il avait hésité sur les syllabes du dernier mot. Elle avait légèrement rougi.

« Oui.

— Vous êtes d'origine allemande ? »

C'était toujours la même question. Elle gardait le silence. Elle finit par répondre d'une voix nette :

« Pas vraiment. »

Il continuait de recopier la fiche d'une manière studieuse. On aurait cru qu'il faisait un devoir de classe. Bosmans avait échangé un regard avec Margaret. Le blond plia la feuille et la glissa dans une enveloppe qui portait elle aussi l'en-tête de l'agence Stewart.

« Vous remettrez ceci au professeur Ferne. »

Il tendit l'enveloppe à Margaret.

« Je pense que vous n'aurez pas un travail trop difficile. Ce sont deux enfants d'environ douze ans. »

Ses petits yeux bleus s'étaient fixés sur Bosmans.

« Et vous ? Vous cherchez du travail ? »

Bosmans ne s'expliquait pas pourquoi il avait répondu : oui. Lui qui se montrait si violent quelquefois, il évitait souvent de contredire un interlocuteur et n'osait pas refuser les propositions les plus imprévues.

« Si vous cherchez du travail, on peut vous inscrire à l'agence Stewart. »

À de tels moments, il cachait toujours son embarras sous un sourire, et le blond pensa sans doute que ce sourire était un signe d'assenti-ment. Il prit une fiche sur son bureau.

« Vos nom et prénom ?

— Jean Bosmans.

— Vous avez fait des études ? »

Au moment de lui répondre qu'il n'avait pas d'autres diplômes que le baccalauréat, Bosmans éprouva une brusque lassitude et voulut mettre un terme à cet entretien, mais il craignait de compromettre l'avenir de Margaret et de faire de la peine à ce blond.

Il lui demandait sa date, son lieu de naissance et son adresse. Pris de court, Bosmans lui donna sa vraie date de naissance, et son adresse au 28 de la rue de l'Aude.

« Voulez-vous signer là ? »

Il lui désignait le bas de la fiche et lui tendait son stylo. Bosmans signa.

« Il me faudra aussi une photo d'identité. Vous me l'enverrez par la poste. »

Margaret paraissait surprise d'une telle doci-lité. Après avoir signé, Bosmans dit au blond :

« Vous savez, je n'aurai peut-être pas besoin de travail dans l'immédiat.

— Il y a des tas d'opportunités, dit le blond comme s'il n'avait pas entendu. En attendant les emplois fixes on peut déjà vous trouver quelques extras. »

Un silence. Le blond se leva.

« Je vous souhaite bonne chance », dit-il à Margaret.

Il les raccompagna jusqu'à la porte du bureau. Il serra la main de Bosmans.

« On vous fera signe. »

Dehors, elle lui demanda pourquoi il avait laissé l'autre remplir une fiche à son nom. Bosmans haussa les épaules.

Combien de fiches, de questionnaires, de cartes d'inscription remplis de son écriture serrée, pour faire plaisir à quelqu'un, pour s'en débarrasser, ou même par indifférence, pour rien… La seule signature qui lui avait tenu à cœur, c'était celle de son inscription à la faculté de médecine, vers dix-huit ans, mais on n'avait pas voulu de lui parce qu'il n'avait pas obtenu de baccalauréat scientifique.

Le lendemain de leur visite, il avait envoyé une photo d'identité de lui à l'agence Stewart. Il avait dit à Margaret que c'était plus prudent et qu'il ne fallait pas faire de vagues…

L'agence Stewart existait-elle toujours ? Il pensa aller vérifier sur place. Au cas où l'agence occuperait les mêmes bureaux, il rechercherait dans les archives sa fiche et celle de Margaret avec leurs photos de l'époque. Et peut-être serait-il reçu par le même blond aux petits yeux bleus. Et tout recommencerait comme avant.

En ce temps-là, il ne venait pas beaucoup de monde à la librairie. Bosmans essayait de se souvenir de la configuration des lieux. La librairie proprement dite, avec sa table de bois sombre. La porte du fond donnait accès à une sorte de hangar au toit vitré, une réserve remplie de livres. Sur l'un des murs, un vieux panneau où était écrit : CASTROL. Tout au bout, la porte en fer coulissante s'ouvrait sur une autre rue. Bosmans en avait conclu qu'il s'agissait d'un ancien garage. D'ailleurs, en fouillant un après-midi dans les archives, il avait retrouvé le bail d'origine. Oui, c'était bien ça : la librairie et les éditions du Sablier avaient succédé au garage de l'Angle.

Un escalier large, à rampe de fer, menait de la librairie à l'entresol qu'avaient jadis occupé les bureaux de la maison d'édition. Sur la porte de droite, une plaque de cuivre avec le nom gravé de l'éditeur : « Lucien Hornbacher ». Un couloir. Puis un salon assez sombre que Bosmans appelait le salon-fumoir. Un canapé et des fauteuils de cuir foncé. Des cendriers sur des trépieds. Le sol était recouvert d'un tapis persan. Et, tout autour, des bibliothèques vitrées. Elles contenaient tous les ouvrages publiés au cours des vingt années de leur existence par les éditions du Sablier.

Il passait souvent le début de l'après-midi dans l'ancien bureau de Lucien Hornbacher. De la fenêtre, on voyait, par la percée de l'avenue Reille, les premiers arbres du parc Montsouris. Il laissait la porte ouverte pour entendre la sonnerie grêle qui annonçait, chaque fois, la venue d'un client au rez-de-chaussée. Le bureau était petit mais massif, avec, de chaque côté, de nombreux tiroirs. Le fauteuil pivotant n'avait pas changé depuis l'époque de Lucien Hornbacher. Un divan contre le mur, en face de la fenêtre, recouvert de velours bleu nuit. Au milieu du bureau, un sablier, l'emblème de la maison d'édition. Bosmans avait remarqué qu'il portait la marque d'un grand joaillier et il s'était étonné qu'on ne l'ait pas volé, depuis tout ce temps. Il avait l'impression d'être le gardien d'un lieu désaffecté. Lucien Hornbacher avait disparu pendant la guerre et, vingt ans après, Bourlagoff, le comptable-gérant, qui venait régulièrement à la librairie, parlait toujours à demi-mot de cette disparition. C'était un homme d'une cinquantaine d'années, les cheveux poivre et sel coupés en brosse, le teint bronzé. Il avait travaillé pour Hornbacher dans sa jeunesse. Jusqu'à quand la librairie pourrait-elle subsister ? Chaque fois qu'il questionnait Bourlagoff sur l'avenir incertain des anciennes éditions du Sablier, Bosmans n'obtenait jamais de réponses précises.

Les livres jadis publiés par Lucien Hornbacher remplissaient les rayonnages de la librairie du rez-de-chaussée. Une grande partie d'entre eux traitaient de l'occultisme, des religions orientales et de l'astronomie. Le catalogue comptait aussi des travaux d'érudition sur des sujets divers. À ses débuts, Hornbacher avait édité quelques poètes et quelques auteurs étrangers. Mais les clients qui s'aventuraient encore dans la librairie s'intéressaient pour la plupart aux sciences occultes et venaient y chercher des ouvrages introuvables ailleurs que Bosmans allait souvent puiser dans la réserve.

Comment avait-il trouvé ce travail ? Un après-midi qu'il se promenait près de chez lui, dans le quatorzième, l'enseigne, à moitié effacée au-dessus de la vitrine, *Éditions du Sablier,* avait attiré son attention. Il était entré. Bourlagoff se tenait assis derrière la table. La conversation s'était engagée. On cherchait quelqu'un pour rester dans la librairie quatre jours par semaine... Un étudiant. Bosmans lui avait dit que cela l'intéressait, mais qu'il n'était pas « étudiant ». Aucune importance. On lui donnerait, pour ce travail, deux cents francs par semaine.

La première fois que Margaret lui avait rendu visite sur le lieu de son travail, c'était un samedi d'hiver ensoleillé. Par la fenêtre du bureau d'Hornbacher, il l'avait vue, là-bas, au tournant de l'avenue Reille. Il se souvenait qu'elle avait hésité un moment. Elle s'était arrêtée sur le trottoir, regardant de gauche à droite, vers les deux côtés de l'avenue, comme si elle avait oublié le numéro de la librairie. Puis elle avait repris son chemin. Elle avait dû repérer de loin la vitrine. À partir de ce jour-là, chaque fois qu'ils se donnaient rendez-vous aux anciennes éditions du Sablier, il la guettait, de la fenêtre. Elle ne cesse de marcher à sa rencontre sur le trottoir en pente de l'avenue Reille dans une lumière limpide d'hiver quand le ciel est bleu, mais cela pourrait être aussi l'été puisque l'on aperçoit, tout au fond, les feuillages des arbres du parc. Il pleut quelquefois, mais la pluie ne semble pas la gêner. Elle marche sous la pluie du même pas tranquille que d'habitude. Elle serre simplement de la main droite le col de son manteau rouge.

Il était venu dans l'appartement du professeur Ferne quelques vendredis soir, le seul jour de la semaine où le professeur et sa femme sortaient jusqu'à minuit et où Margaret gardait les deux enfants. Elle les accompagnait en début d'après-midi, la fille au collège Sévigné, le garçon au lycée Montaigne. Elle restait dîner avec eux. Elle était libre après le dîner, et Bosmans l'attendait dans l'avenue de l'Observatoire.

Un soir, elle l'avait rejoint devant les grilles du square et lui avait dit qu'elle devait encore garder les enfants. Les Ferne étaient retenus chez un confrère et ne seraient pas rentrés après le dîner. Elle lui avait proposé de monter avec elle dans l'appartement, mais il avait hésité. Ne pensait-elle pas que sa présence choquerait le professeur et sa femme à leur retour et risquait d'inquiéter les enfants ? Il n'était pas du tout familier de ce genre de personnes et leurs professions l'intimidaient : lui, Georges Ferne, professeur de droit constitutionnel dans une école des très hautes études, et elle, maître Suzanne Ferne, avocate à la cour de Paris, comme l'indiquaient leurs papiers à lettres que Margaret lui avait montrés.

Il l'avait suivie dans l'appartement avec une certaine appréhension. Pourquoi avait-il le sentiment de s'y introduire comme un voleur ? Ce qui l'avait impressionné, dès le vestibule, c'était une sorte d'austérité. Les murs étaient de boiserie sombre. Presque aucun meuble dans le salon dont les fenêtres donnaient sur les jardins de l'Observatoire. D'ailleurs, s'agissait-il vraiment d'un salon ? Deux petits bureaux étaient disposés devant les fenêtres, et elle lui expliqua que le professeur Ferne et sa femme travaillaient souvent, côte à côte, chacun assis à l'un des bureaux.

Ce soir-là, les deux enfants vêtus de robes de chambre écossaises se tenaient sur le canapé de cuir noir du salon. À l'arrivée de Margaret et de Bosmans, ils étaient en train de lire et tous deux avaient le même visage penché et studieux. Ils se levèrent et vinrent serrer de manière cérémonieuse la main de Bosmans. Ils ne semblaient pas du tout étonnés de sa présence.

Le garçon lisait un manuel de mathématiques. Bosmans fut surpris de voir qu'il l'annotait dans les marges. La fille était absorbée par un livre à couverture jaune des Classiques Garnier : *Les Pensées* de Pascal. Bosmans leur avait demandé leur âge. Onze et douze ans. Il les avait félicités pour leur sérieux et leur précocité. Mais ils paraissaient insensibles à ces compliments, comme si la chose allait de soi. Le garçon avait haussé les épaules en se plongeant de nouveau dans son manuel et la fille avait jeté un sourire timide à Bosmans.

Entre les deux fenêtres du salon était accrochée une photo dans un cadre : le professeur Ferne et sa femme, très jeunes, souriants, mais une certaine gravité dans le regard, et vêtus de leurs robes d'avocats. Les quelques soirs où il s'était retrouvé avec Margaret dans l'appartement, ils attendaient, sur le canapé de cuir, le retour du professeur et de sa femme. Elle avait emmené les enfants se coucher et leur avait accordé encore une heure de lecture dans leurs lits. Une lampe à abat-jour rouge, posée sur un guéridon, répandait une lumière chaude et apaisante qui laissait des zones de pénombre. Bosmans se tournait vers les fenêtres et imaginait le professeur et maître Ferne, chacun à leur bureau, et travaillant sur leurs dossiers. Peut-être, les jours de congé, les enfants se tenaient-ils près d'eux sur le canapé, absorbés dans leurs livres, et les samedis après-midi se passaient ainsi, et rien ne troublait le silence qu'observait cette famille studieuse.

Ce silence et cette tranquillité, il semblait à Bosmans qu'il en profitait en fraude, avec Margaret. Il se levait pour regarder par la fenê-

tre, et il se demandait si les jardins de l'Observatoire, en bas, ne se trouvaient pas dans une
ville étrangère où ils venaient d'arriver, Margaret
et lui.

La première fois, il éprouva une très vive
appréhension lorsqu'il entendit s'ouvrir et se
refermer la porte de l'appartement vers minuit
et les voix du professeur Ferne et de sa femme
dans le vestibule. Il regardait fixement Margaret
et il sentit qu'il allait lui communiquer sa panique s'il ne se ressaisissait pas. Il se leva et marcha
vers la porte du salon au moment où les Ferne
entraient. Il leur tendit la main comme s'il se
jetait à l'eau, et il fut tout à fait rassuré quand,
l'un après l'autre, ils lui serrèrent cette main.

Il bredouilla :

« Jean Bosmans. »

Ils étaient aussi sérieux que leurs enfants. Et,
comme leurs enfants, ils paraissaient ne s'éton-
ner de rien, et surtout pas de la présence de
Bosmans. Avaient-ils même entendu son nom ?
Le professeur Ferne se tenait sur un plan supérieur, abstrait, où l'on ignorait les trivialités
de la vie courante. Et sa femme aussi, avec son
regard froid, ses cheveux courts, une brusquerie
dans l'allure et dans la manière de parler. Mais,
ce qui avait décontenancé Bosmans chez eux
lors de cette première rencontre, il finit par le
trouver rassurant au point de penser que des
relations avec ces deux personnes auraient été
bénéfiques pour lui.

« André a bien travaillé ses mathématiques ? » demanda le professeur à Margaret d'une voix dont la douceur surprit Bosmans.

« Oui, monsieur.

— J'ai vu qu'il prenait des notes dans les marges de son livre, bredouilla Bosmans… C'est formidable à son âge. »

Le professeur et sa femme le regardèrent fixement. Peut-être avaient-ils été choqués par le terme « formidable » ?

« André a toujours aimé les mathématiques », dit le professeur de sa voix douce comme s'il ne trouvait rien d'exceptionnel ni de « formidable » à cela.

Maître Ferne s'était avancée vers Bosmans et Margaret.

« Bonsoir », leur dit-elle avec une légère inclinaison de la tête et un sourire distant.

Et elle quitta le salon. Le professeur à son tour leur dit bonsoir sur le même ton détaché que sa femme, mais il leur serra la main à l'un et à l'autre avant de se diriger lui aussi vers la porte du fond.

« C'est bizarre, dit Margaret quand ils furent seuls. On pourrait rester toute la nuit dans ce salon… Ça leur serait complètement égal… Ils sont un peu dans les nuages… »

Ils donnaient plutôt l'impression de ne pas vouloir perdre leur temps à cause de petits détails insignifiants, et surtout ils évitaient de parler pour ne rien dire. Bosmans imaginait que, dans la pièce du fond qui servait de salle à manger, les repas eux-mêmes étaient studieux. On interrogeait les enfants sur un point de mathématiques ou de philosophie, et ceux-ci répondaient de manière claire, avec cette précocité des jeunes musiciens prodiges. Le professeur et maître Ferne, pensait Bosmans, avaient dû se connaître sur les bancs de la faculté. Voilà pourquoi ils avaient gardé dans leurs rapports quelque chose d'un peu abrupt. Ce qui les liait, apparemment, c'était une grande complicité intellectuelle, une camaraderie d'anciens étudiants, jusque dans leur manière ironique de se vouvoyer.

Une nuit, en sortant de l'immeuble, dans le silence des jardins de l'Observatoire, Bosmans fit une remarque qui provoqua chez Margaret un petit rire à cause du ton grave qu'il avait employé :

« La bêtise n'est pas leur fort. »

Il lui avait recommandé de dire qu'ils étaient frère et sœur. À son avis, Ferne et sa femme dédaignaient les liens d'ordre sentimental s'ils ne menaient pas à un échange continuel d'idées entre deux personnes de sexe différent. Mais il éprouvait pour eux beaucoup de respect et les associait à des mots comme : Justice. Droit. Rectitude. Un soir que Margaret était allée coucher les enfants et leur avait accordé exceptionnellement, sous l'influence de Bosmans, deux heures supplémentaires de lecture, ils s'étaient retrouvés dans le salon, comme d'habitude.

« On devrait leur demander de nous aider »,
dit Bosmans.

Elle était pensive. Elle hochait la tête.

« Oui… ce serait bien…

— Pas exactement nous aider, avait dit
Bosmans. Plutôt nous protéger, puisqu'ils sont
avocats…. »

Une fois, il avait accompagné Margaret jusqu'à
la chambre des enfants et ils les avaient laissés
sur leurs lits jumeaux, chacun avec son livre
d'études. Puis ils s'étaient aventurés dans l'appartement. La bibliothèque occupait une petite
pièce, et elle était consacrée au droit et aux
sciences humaines. Sur des rayonnages, des
disques de musique classique. Un divan et un
pick-up dans le coin gauche de la pièce. Le professeur et maître Ferne s'asseyaient sans doute
sur ce divan, côte à côte, pour écouter de la
musique, à leurs moments de loisir. Leur chambre était voisine de la bibliothèque, mais ils
n'osèrent pas y entrer. Par la porte entrouverte,
ils distinguèrent deux lits jumeaux, comme dans
la chambre des enfants. Ils retournèrent au salon.
Ce fut ce soir-là que Bosmans sentit combien ils
étaient livrés à eux-mêmes. Quel contraste entre
le professeur Ferne et sa femme, leurs enfants,
cet appartement tranquille et ce qui les attendait dehors, Margaret et lui, et les rencontres
qu'ils risquaient de faire… Il éprouvait une
sensation à peu près semblable de sécurité et
de répit, l'après-midi, dans l'ancien bureau de

Lucien Hornbacher, quand il était allongé sur le divan de velours bleu nuit, et qu'il feuilletait le catalogue des éditions du Sablier ou qu'il essayait d'écrire sur son cahier. Il fallait qu'il se décide à parler au professeur et à sa femme et à leur demander un conseil ou même un appui moral. Comment parviendrait-il à leur décrire la femme aux cheveux rouges et le prêtre défroqué ? À supposer qu'il trouve les mots, les Ferne ne comprendraient pas que de telles personnes puissent exister et le considéreraient d'un air gêné. Et Dieu sait ce qu'était ce Boyaval sur lequel Margaret n'osait même pas lui donner des précisions… Ils n'avaient décidément ni l'un ni l'autre aucune assise dans la vie. Aucune famille. Aucun recours. Des gens de rien. Parfois, cela lui donnait un léger sentiment de vertige.

Une nuit, à leur retour, le professeur et sa femme lui avaient paru plus accessibles que les autres fois. Quand ils étaient entrés au salon, ils avaient eu quelques paroles aimables pour Margaret et pour lui.

« Pas trop fatigués ? » leur avait dit de sa voix douce le professeur Ferne.

Bosmans crut voir une expression de bienveillance dans le regard que sa femme posait sur eux.

« Mais non… tout va bien », avait dit Margaret, avec un grand sourire.

Le professeur s'était tourné vers Bosmans.

« Vous faites des études ? »

Bosmans restait muet, pétrifié de timidité. Il avait peur de répondre par des mots dont il aurait honte, à peine les aurait-il prononcés.

« Je travaille dans une maison d'édition.

— Ah oui ? Laquelle ? »

Il semblait à Bosmans que le professeur et sa

femme leur témoignaient une attention polie. Ils se tenaient debout face à Margaret et à lui, comme s'ils s'apprêtaient à quitter le salon.

« Les éditions du Sablier.

— Je ne connais pas cette maison d'édition », dit maître Ferne, de cette manière brusque que Bosmans avait déjà remarquée chez elle.

« En réalité, je m'occupe plutôt de la librairie… »

Mais il sentit aussitôt que cette précision était inutile. L'attention du professeur Ferne et de sa femme se relâchait. Voilà des détails qui étaient sans doute pour eux négligeables. Peut-être fallait-il leur parler de manière plus directe. Margaret était comme lui, elle n'avait jamais les mots pour établir un vrai contact avec eux, elle ne faisait que leur sourire ou répondre à leurs rares questions concernant les enfants.

« Et quel genre d'ouvrages trouve-t-on dans votre librairie ? demanda la femme du professeur sur un ton de pure courtoisie.

— Oh… surtout des livres concernant les sciences occultes.

— Nous ne sommes pas très versés dans les sciences occultes », dit la femme du professeur en haussant les épaules.

Bosmans prit son élan.

« Je suppose que vous n'aviez pas le temps de vous intéresser aux sciences occultes quand vous faisiez vos études de droit… »

Et il désigna, d'une main hésitante, la photographie accrochée au mur, où on les voyait tous deux, jeunes, dans leurs robes d'avocats.

« Nous avions d'autres centres d'intérêt », dit la femme du professeur Ferne d'une voix grave qui fit aussitôt regretter à Bosmans sa familiarité.

Il y eut un silence. Ce fut au tour de Margaret d'essayer de reprendre le contact.

« C'est bientôt l'anniversaire d'André… J'avais pensé qu'on pourrait lui offrir un petit chien… »

Elle l'avait dit d'une manière naïve et spontanée. Le professeur et sa femme paraissaient stupéfaits, comme si elle venait de proférer une grossièreté.

« Nous n'avons jamais eu de chien dans notre famille », déclara maître Ferne.

Margaret baissa les yeux, et Bosmans remarqua qu'elle rougissait de confusion. Il eut envie de venir à son secours. Il craignit de perdre son sang-froid et de montrer une violence qui étonnait toujours chez ce garçon à la taille et à la carrure imposantes mais aux manières si réservées.

« Vous n'aimez pas les chiens ? »

Le professeur Ferne et sa femme le considéraient en silence, l'air de n'avoir pas compris sa question.

« Un chien, cela ferait quand même plaisir aux enfants, bredouilla Margaret.

— Je ne crois pas, dit la femme du professeur. André ne supporterait pas d'être distrait de ses mathématiques par un chien. »

Son visage prenait une expression sévère, et Bosmans fut frappé de voir à quel point ce visage, avec les cheveux bruns et courts, les mâchoires fortes, une certaine lourdeur des paupières, paraissait masculin. Le professeur Ferne, à côté d'elle, avait quelque chose de fragile. Sa blondeur tirant sur le roux ? Son teint pâle ? Bosmans avait observé aussi que, lorsque maître Suzanne Ferne souriait, elle ne le faisait que des lèvres. Ses yeux restaient froids.

« Oublions cette histoire de chien », dit le professeur Ferne de sa voix douce.

Mais oui, oublions-la, pensa Bosmans. Dans cet appartement austère, parmi cette famille qui se consacrait sans doute depuis plusieurs générations au droit et à la magistrature et dont les enfants étaient en avance de deux ans sur les lycéens de leur âge, il n'y avait aucune place pour les chiens. Au moment où il sentit que les Ferne allaient quitter le salon, les laissant seuls Margaret et lui comme les autres soirs, il se dit qu'il devait peut-être faire une nouvelle tentative.

« J'aurais un conseil à vous demander. » Et pour se donner du courage, il jeta un regard sur la photo où on les voyait tous deux dans leurs robes noires.

L'avaient-ils vraiment entendu ? Sa voix était si basse... Il se reprit aussitôt :

« Mais je ne veux pas vous retenir... Ce sera pour un autre soir...

— Comme vous voulez, dit le professeur Ferne. Je suis à votre disposition. »

Lui et sa femme quittèrent le salon, en leur souriant du même sourire lisse.

« Qu'est-ce que tu voulais leur demander comme conseil ? » lui dit Margaret.

Il ne savait plus quoi répondre. Oui, quel conseil ? L'idée d'avoir recours au professeur et à sa femme lui était venue à cause de cette photo d'eux habillés en avocats. Un jour, il s'était aventuré dans la salle des pas perdus au Palais de Justice, et il avait observé la manière à la fois majestueuse et souple avec laquelle tous ces hommes se déplaçaient dans leurs robes quelquefois bordées d'hermine. Et puis, enfant, il avait été frappé par la photo d'une femme jeune, au banc de la cour d'assises, derrière l'un de ces hommes en noir. La photo avait pour légende : « Aux côtés de l'accusée, son défenseur la soutient de toute sa rigueur et de sa bienveillance paternelle... »

De quel crime ou de quelle faute se sentait-il coupable, lui, Bosmans ? Il faisait souvent le même rêve : il avait été le complice d'un délit assez grave, semblait-il, un complice secondaire, si bien qu'on ne l'avait pas encore identifié, mais un complice, en tout cas, sans qu'il puisse savoir de quoi. Et une menace planait sur lui qu'il oubliait par instants, mais qui revenait dans son rêve, et même après son réveil, de manière lancinante.

Quels conseils et quelle aide espérait-il du professeur Ferne et de sa femme ? À peine avait-il quitté l'appartement cette nuit-là qu'il éclata de rire. Il se trouvait avec Margaret dans l'ascenseur — un ascenseur aux portes vitrées qui descendait lentement et sur la banquette duquel il s'était assis — et il ne maîtrisait plus son fou rire. Il le communiqua à Margaret. Demander à des avocats de le défendre contre quoi ? La vie ? Il s'imaginait mal face au professeur Ferne et à maître Suzanne Ferne, eux solennels et lui se laissant aller aux confidences, essayant de leur expliquer le sentiment de culpabilité qu'il éprouvait depuis son enfance sans savoir pourquoi, et cette impression désagréable de marcher souvent sur du sable mouvant... D'abord, il n'avait jamais confié ses états d'âme à personne ni n'avait jamais demandé aucune aide à quiconque. Non, ce qui l'avait frappé chez les Ferne, c'était la totale confiance qu'apparemment ils éprouvaient pour leurs qualités intellectuelles et morales, cette sûreté de soi dont il aurait bien voulu qu'ils lui donnent le secret.

Cette nuit-là, on avait laissé ouverte la grille des jardins de l'Observatoire. Margaret et lui s'étaient assis sur un banc. L'air était tiède. Il se souvenait qu'elle avait travaillé chez le professeur et sa femme au mois de février et une partie du mois de mars. Mais le printemps avait sans doute été précoce cette année-là pour qu'ils restent si longtemps assis sur le banc. Une nuit de pleine lune. Ils avaient vu la lumière s'éteindre aux fenêtres du professeur Ferne.

« Alors quand est-ce que tu vas leur demander des conseils ? » lui avait-elle dit.

Et ils avaient eu de nouveau un fou rire. Ils parlaient à voix basse, car ils craignaient de se faire remarquer dans le jardin. À cette heure tardive, l'entrée était certainement interdite au public. Margaret lui avait expliqué qu'à son arrivée à Paris elle s'était retrouvée dans un hôtel, près de l'Étoile. Elle ne connaissait personne. Le soir, elle marchait dans le quartier. Il y avait une place un peu moins grande que les jardins de l'Observatoire, une sorte de square avec une statue et des arbres, et elle s'asseyait là, sur un banc, comme maintenant.

« C'était où ? » demanda Bosmans.

Station de métro Boissière. Quelle coïncidence… Cette année-là, il descendait souvent à Boissière vers sept heures du soir.

« J'habitais rue de Belloy, lui dit Margaret. Hôtel Sévigné. »

Ils auraient pu se rencontrer à cette période dans le quartier. Une petite rue que Bosmans prenait à gauche un peu plus loin que la bouche du métro. Il avait quitté la librairie des anciennes éditions du Sablier quand la nuit était tombée. Il fallait changer à Montparnasse. Ensuite, la ligne était directe jusqu'à Boissière.

Il cherchait quelqu'un pour lui taper à la machine ce qu'il avait écrit sur les deux cahiers Clairefontaine de son écriture serrée, couverte de ratures. Il avait lu dans les petites annonces d'un journal à la rubrique « Demandes d'emploi » : Ancienne secrétaire de direction. Pour travaux de dactylographie en tous genres. Simone Cordier. 8 rue de Belloy. 16e. Téléphonez le soir à partir de 19 h de préférence. PASSY 63 04.

Pourquoi aller si loin, de l'autre côté de la Seine ? Depuis que sa mère et le défroqué avaient retrouvé son adresse et qu'elle était venue lui réclamer de l'argent, il se méfiait. L'homme avait publié une plaquette de vers dans sa jeunesse et appris que Bosmans aussi se mêlait d'écrire. Il l'avait poursuivi de ses sarcasmes, un jour qu'ils s'étaient croisés par malheur dans la rue. Lui, Bosmans, écrivain… Mais il n'avait aucune notion de ce qu'était la littérature… Beaucoup d'appelés, peu d'élus… Sa mère approuvait d'un mouvement altier du menton. Bosmans avait couru le long de la rue de Seine pour leur échapper. Le lendemain, l'homme lui avait envoyé l'un de ses vieux poèmes afin de lui montrer ce dont il était capable au même âge que lui. Et que cela lui serve de leçon de style. « Nul mois de juin ne fut plus splendide / Que juin quarante au solstice / Les grandes personnes avaient perdu la guerre / Et toi tu courais dans la garrigue et tu t'écorchais les genoux / Garçon pur et violent / Loin des villageoises des fillettes vicieuses / Le bleu du ciel n'avait jamais été aussi bleu / Là-bas tu voyais passer sur la route / Le jeune tankiste allemand / Ses cheveux blonds au soleil / Ton frère / En enfance. »

Depuis, il faisait souvent un rêve : sa mère et le défroqué entraient dans sa chambre sans qu'il puisse esquisser un geste de défense. Elle fouillait dans les poches de ses vêtements à la recherche d'un billet de banque. L'autre découvrait les deux cahiers Clairefontaine sur la table. Il y jetait un œil noir et les déchirait soigneusement, très raide, le visage sévère, comme un inquisiteur qui détruit un ouvrage obscène. À cause de ce rêve, Bosmans voulait prendre des précautions. Au moins la dactylographie se ferait à l'abri de ces deux individus. En terrain neutre.

La première fois qu'il sonna 8 rue de Belloy à la porte de l'appartement, il tenait dans une grande enveloppe une vingtaine de pages qu'il avait recopiées. Une femme blonde d'environ cinquante ans, les yeux verts, l'allure élégante, lui ouvrit. Le salon était vide, sans le moindre meuble, sauf un bar en bois clair entre les deux fenêtres et un tabouret haut. Elle l'invita à s'asseoir sur celui-ci et elle resta debout derrière le bar. Elle le prévint tout de suite qu'elle ne pourrait taper qu'une dizaine de pages par semaine. Bosmans lui dit que cela n'avait aucune importance et que c'était mieux comme ça : il consacrerait plus de temps aux corrections.

« Et de quoi s'agit-il ? »

Elle avait posé deux verres sur le bar et y versait du whisky. Bosmans n'osait pas refuser.

« Il s'agit d'un roman.

— Ah… vous êtes romancier ? »

Il ne répondit rien. S'il avait dit : oui, il aurait eu l'impression d'être un roturier qui se présente sous de faux titres de noblesse. Ou un escroc, de ceux qui sonnent aux portes des appartements et promettent d'illusoires encyclopédies, à condition qu'on leur verse un acompte.

Pendant près de six mois, il se rendit régulièrement chez Simone Cordier pour lui donner de nouvelles pages et prendre celles qu'elle avait tapées. Il lui avait demandé de garder les pages manuscrites chez elle par mesure de prudence.

« Vous avez peur de quelque chose ? »

Il se souvenait très bien de cette question qu'elle lui avait posée un soir, en le fixant d'un regard à la fois étonné et bienveillant. En ce temps-là, l'inquiétude devait se lire sur son visage, dans sa façon de parler, de marcher et même de s'asseoir. Il s'asseyait toujours en bordure des chaises ou des fauteuils, sur une seule fesse, comme s'il ne se sentait pas vraiment à sa place et qu'il s'apprêtait à fuir. Cette attitude étonnait quelquefois chez un garçon de haute taille et de cent kilos. On lui disait : « Vous êtes mal assis… Détendez-vous… Mettez-vous à votre aise… », mais c'était plus fort que lui. Il avait l'air souvent de s'excuser. De quoi, au juste ? Il se posait par moments la question lorsqu'il marchait seul dans la rue. S'excuser de quoi ? hein ? De vivre ? Et il ne pouvait s'empêcher d'éclater d'un rire sonore qui faisait se retourner les passants.

Et pourtant, les soirs où il allait chez Simone Cordier chercher les pages dactylographiées, il se disait que c'était bien la première fois qu'il n'éprouvait plus un sentiment d'asphyxie et qu'il ne se tenait plus sur le qui-vive. À la sortie du métro Boissière, il ne risquait pas de rencontrer sa mère et celui qui l'accompagnait. Il était très loin, dans une autre ville, presque dans une autre vie. Pourquoi la vie, justement, lui avait-elle fait côtoyer de tels fantoches qui s'imaginaient avoir des droits sur lui ? Mais la personne la plus protégée, la plus gâtée par le sort, n'est-elle pas à la merci de n'importe quel maître chanteur ? Il se répétait cela pour se consoler. Il y avait beaucoup d'histoires comme ça dans les romans policiers.

C'étaient les mois de septembre et d'octobre. Oui, il respirait un air léger pour la première fois de sa vie. Il faisait encore clair quand il quittait les éditions du Sablier. Un été indien dont on se disait qu'il se prolongerait pendant des mois et des mois. Pour toujours, peut-être.

Avant de monter chez Simone Cordier, il entrait dans un café de l'immeuble voisin, au coin de la rue La Pérouse, pour corriger les pages qu'il lui donnerait et, surtout, les mots illisibles. Le dactylogramme de Simone Cordier était parsemé de signes curieux : des O barrés d'un trait, des trémas à la place des accents circonflexes, des cédilles sous certaines voyelles, et Bosmans se demandait s'il s'agissait d'une orthographe slave ou scandinave. Ou tout simplement d'une machine de marque étrangère, dont les touches avaient des caractères inconnus en France. Il n'osait pas lui poser la question. Il préférait que cela soit comme ça. Il se disait qu'il faudrait conserver de tels signes, au cas où il aurait la chance d'être imprimé. Cela correspondait au texte et lui apportait ce parfum exotique qui lui était nécessaire. Après tout, s'il tentait de s'exprimer dans le français le plus limpide, il était, comme la machine à écrire de Simone Cordier, d'origine étrangère, lui aussi.

Quand il sortait de chez elle, il faisait de nouveau des corrections dans le café, cette fois-ci sur les pages dactylographiées. Il avait toute la soirée devant lui. Il préférait rester dans ce quartier. Il lui semblait atteindre un carrefour de sa vie, ou plutôt une lisière d'où il pourrait s'élancer vers l'avenir. Pour la première fois, il avait dans la tête le mot : avenir, et un autre mot : l'horizon. Ces soirs-là, les rues désertes et silencieuses du quartier étaient des lignes de fuite, qui débouchaient toutes sur l'avenir et l'HORIZON.

Il hésitait à reprendre le métro pour faire le chemin inverse jusqu'au quatorzième arrondissement et sa chambre. Tout cela, c'était son ancienne vie, une vieille défroque qu'il abandonnerait d'un jour à l'autre, une paire de godasses usées. Le long de la rue La Pérouse dont tous les immeubles semblaient abandonnés — mais non, il voyait une lumière là-haut à une fenêtre d'un cinquième étage, peut-être quelqu'un qui l'attendait depuis longtemps —, il se sentait gagné par l'amnésie. Il avait déjà tout oublié de son enfance et de son adolescence. Il était brusquement délivré d'un poids.

Une vingtaine d'années plus tard, il s'était retrouvé par hasard dans ce même quartier. Sur le trottoir, il faisait signe aux taxis de passage, mais aucun n'était libre. Alors il avait décidé d'aller à pied. Il s'était souvenu de l'appartement de Simone Cordier, des pages dactylographiées avec leurs trémas et leurs cédilles.

Il se demandait si Simone Cordier était morte. Alors on n'avait même pas eu besoin d'appeler les déménageurs dans l'appartement vide. Peut-être avait-on découvert, derrière le bar, les pages manuscrites qu'il lui avait confiées jadis.

Il s'engagea dans la rue de Belloy. C'était le soir, à la même heure que celle où il sortait autrefois de la bouche du métro, et à la même saison, comme s'il marchait dans le même été indien.

Il était arrivé devant l'entrée de l'hôtel Sévigné qui occupait l'un des premiers immeubles de la rue, juste avant celui de Simone Cordier. La porte vitrée était ouverte, un petit lustre répandait dans le couloir une lumière blanche. Cet automne-là, chaque fois qu'il allait chercher les pages dactylographiées, il passait, comme maintenant, devant cet hôtel. Un soir, il s'était dit qu'il pourrait y prendre une chambre et ne plus revenir sur l'autre rive. Une expression lui était venue à l'esprit : COUPER LES PONTS.

Pourquoi n'ai-je pas rencontré Margaret à ce moment-là ? Pourquoi quelques mois plus tard ? Nous nous sommes certainement croisés dans cette rue, ou même dans le café du coin, sans nous voir. Il se tenait immobile devant la porte de l'hôtel. Depuis tout ce temps, il s'était laissé porter par les événements quotidiens d'une vie, ceux qui ne vous distinguent pas de la plupart de vos semblables et se confondent au fur et à mesure dans une sorte de brouillard, un flot monotone, ce qu'on appelle le cours des choses. Il avait l'impression de s'être réveillé brusquement de cette torpeur. Il suffisait d'entrer, de suivre le couloir jusqu'au bureau de la réception et de demander le numéro de la chambre de Margaret. Il devait bien rester des ondes, un écho de son passage dans cet hôtel et dans les rues avoisinantes.

Elle était arrivée de Suisse à la gare de Lyon vers sept heures du soir. Elle marcha jusqu'à la file d'attente des taxis, avec la valise en toile et cuir que Bagherian lui avait offerte. Quand le chauffeur lui demanda l'adresse, elle écorcha le nom de la rue. Elle dit : rue Bellot. Le chauffeur ne connaissait pas. Il chercha sur son plan. Il y avait une rue Bellot, du côté du bassin de la Villette, mais Bagherian lui avait dit : « près de l'Étoile ». Heureusement que l'hôtel Sévigné rappelait quelque chose au chauffeur. Mais oui, rue de Belloy.

On la fit monter au dernier étage, chambre 52. La veille, en Suisse, elle avait passé une nuit blanche dans l'appartement de Bagherian. Elle était trop fatiguée pour défaire sa valise. Elle s'allongea tout habillée sur le lit et s'endormit.

Au réveil, dans cette pénombre, elle éprouvait une sensation de vertige, comme si elle basculait par-dessus bord. Mais elle reconnut la valise en toile et cuir, là, tout près, et elle reprit confiance. Elle avait rêvé qu'elle voyageait sur un bateau, et le tangage était si violent qu'elle risquait chaque fois de tomber de sa couchette.

Une sonnerie de téléphone. À tâtons elle alluma la lampe de chevet. Elle décrocha le combiné. Bagherian avait une voix lointaine. Des grésillements. Puis tout s'éclaircit, on aurait dit qu'il lui parlait de la chambre voisine. Était-elle bien installée ? Il lui donnait des conseils d'ordre pratique : elle pouvait prendre des repas à l'hôtel ou dans le café du coin de la rue ; le mieux pour elle, c'était de rester tant qu'elle le voudrait dans cet hôtel jusqu'à ce qu'elle trouve un travail, et même après ; si elle avait besoin d'argent, qu'elle aille de sa part dans une banque dont il lui indiquait l'adresse. Elle savait très bien qu'elle ne le ferait jamais. Elle avait refusé l'enveloppe d'argent liquide, quand il l'avait accompagnée à la gare de Lausanne. Elle n'avait accepté que son salaire de gouvernante des enfants. Gouvernante : un mot qu'aurait utilisé Bagherian. Il se moquait lui-même de certaines expressions désuètes qui revenaient souvent sur ses lèvres et intriguaient Margaret Le Coz. Un jour, elle l'avait complimenté pour sa manière de parler si délicate. Il lui avait expliqué qu'il avait été élevé dans des écoles françaises en Égypte par des professeurs beaucoup plus sourcilleux de la syntaxe et du vocabulaire qu'on ne l'aurait été à Paris. Quand elle raccrocha le combiné, elle se demanda si Bagherian la rappellerait. C'était peut-être la dernière fois qu'il lui parlait. Alors, elle serait seule dans cette chambre d'hôtel, au milieu d'une ville inconnue, sans savoir très bien pourquoi.

Elle éteignit la lampe de chevet. Pour le moment, elle préférait la pénombre. De nouveau, il s'était produit une cassure dans sa vie, mais elle n'en avait aucun regret, ni aucune inquiétude. Ce n'était pas la première fois… Et cela se passait toujours de la même manière : elle arrivait dans une gare sans que personne l'attende et dans une ville où elle ne connaissait pas le nom des rues. Elle n'était jamais revenue au point de départ. Et, d'ailleurs, il n'y avait jamais eu de point de départ, comme pour ces gens qui vous disent qu'ils sont originaires de telles provinces et de tels villages et qu'ils y retournent de temps en temps. Elle n'était jamais retournée dans un lieu où elle avait vécu. Par exemple, elle ne reviendrait plus en Suisse, la Suisse qui lui paraissait un refuge quand elle était montée dans le car à la gare routière d'Annecy et qu'elle craignait qu'on ne la retienne à la frontière.

Elle éprouvait une sensation d'allégresse chaque fois qu'elle devait partir et, à chacune de ces cassures, elle était certaine que la vie reprendrait le dessus. Elle ne savait pas si elle resterait longtemps à Paris. Cela dépendait des circonstances. L'avantage, c'est que l'on sème facilement quelqu'un dans une grande ville, et ce serait encore plus compliqué pour Boyaval de la repérer à Paris qu'en Suisse. Elle avait dit à Bagherian qu'elle chercherait du travail — un travail de secrétariat puisqu'elle parlait allemand — et de préférence dans des bureaux où elle se fondrait parmi les autres. Il avait paru étonné et même vaguement inquiet. Et pourquoi pas gouvernante, de nouveau ? Elle ne voulait pas le contredire. Oui, gouvernante, à condition de trouver une famille où elle se sentirait à l'abri.

L'après-midi où elle se présenta à l'agence Stewart, faubourg Saint-Honoré, elle attendit longtemps avant d'être reçue par un blond d'une cinquantaine d'années aux petits yeux bleus. Il s'assit à son bureau et l'observa un moment d'un œil attentif et froid de maquignon. Elle restait debout, gênée. Ce type allait peut-être lui dire d'une voix sèche : Déshabillez-vous. Mais il lui désigna le fauteuil de cuir, en face de lui.

« Vos nom et prénom ? »

Il avait pris une fiche et décapuchonné son stylo.

« Margaret Le Coz. »

D'habitude, on lui demandait : en deux mots ? Ou bien : vous êtes bretonne ? Mais le blond écrivit son nom sur la fiche sans rien lui dire.

« Née à… ? »

C'était à ce moment-là qu'elle attirait l'attention sur elle et qu'elle lisait la surprise ou la curiosité ou même la méfiance dans les regards. Comme elle aurait aimé être née à Villeneuve-Saint-Georges ou à Nevers…

« Berlin — Reinickendorf.

— Vous pouvez me l'épeler ? »

Il n'avait pas bronché. Il paraissait trouver cela naturel. Elle lui épela « Reinickendorf ».

« Vous êtes d'origine allemande ?

— Non. Française. »

Oui, le mieux c'était de répondre ainsi, d'une manière abrupte.

« Votre domicile ?

— Hôtel Sévigné, 8 rue de Belloy.

— Vous habitez l'hôtel ? »

Elle avait l'impression qu'il lui jetait un regard méfiant. Elle s'efforça de prendre un ton détaché :

« Oui, mais c'est tout à fait provisoire. »

Il continuait à remplir la fiche en écrivant lentement.

« Rue de Belloy, c'est bien dans le seizième ?

— Oui. »

Elle craignait qu'il ne lui demande comment elle réglait sa note d'hôtel. C'était Bagherian qui s'en chargeait. Il lui avait dit qu'elle pouvait rester à l'hôtel Sévigné autant qu'elle le voulait, mais elle avait hâte de trouver du travail pour ne plus dépendre de lui.

« Et vous avez des références ? »

Il avait levé la tête de sa fiche et de nouveau il la considéra d'un œil attentif. Aucune méchanceté dans ce regard. Juste une froideur professionnelle.

« Je veux dire : vous avez déjà travaillé comme employée de maison ?

— J'étais gouvernante en Suisse. »

Elle avait prononcé ces mots d'un ton sec, comme si brusquement elle voulait défier ce maquignon aux yeux bleus. Il hochait gravement la tête.

« En Suisse... C'est une bonne référence... Vous étiez gouvernante de plusieurs enfants ?

— Deux.

— Et pouvez-vous me donner le nom de vos employeurs ?

— M. Bagherian. »

Elle fut étonnée qu'il ne lui demande pas d'épeler le nom. En l'écrivant sur la fiche, il continuait de hocher la tête.

« Nous avons eu un M. Bagherian comme client il y a quelques années... Attendez... Je vais vérifier... »

Il pivota sur son siège, se leva et ouvrit le tiroir d'un casier de métal dont il finit par extraire une fiche.

« C'est bien ça... M. Michel Bagherian... 37 rue La Pérouse... Il a fait appel à nous à deux reprises... »

Il ne lui avait jamais dit qu'il avait habité à Paris.

« C'était aussi pour des gouvernantes... »

Il la considérait maintenant avec un certain respect.

« Et M. Bagherian habite la Suisse, maintenant ? »

Il cherchait peut-être à entamer une conversation mondaine comme celle des deux vieilles dames qu'elle écoutait d'une oreille distraite, un après-midi qu'elle et les enfants attendaient Bagherian dans le hall d'un hôtel d'Ouchy.

« Oui, il habite la Suisse. »

Il voulait certainement qu'elle lui donnât d'autres détails. Mais elle se tut.

« Nous essayerons de vous choisir un employeur du niveau de M. Bagherian, dit-il en la raccompagnant jusqu'à la porte de l'agence. Vous serez gentille de m'envoyer une photo d'identité pour qu'on puisse la mettre sur la fiche et un certificat signé par M. Bagherian. »

Au moment d'ouvrir la porte, il se tourna vers elle.

« Soyez patiente. Nous vous ferons signe. »

Elle ne quittait pas souvent le quartier. Les premières nuits, elle trouvait difficilement le sommeil. Elle finissait par s'endormir vers trois heures du matin. À sept heures, elle se réveillait et elle était impatiente de quitter la chambre. Elle allait chercher les journaux à l'Étoile, puis elle faisait le chemin inverse jusqu'au café du coin de la rue La Pérouse. Là, elle lisait les petites annonces à la rubrique : « Offres d'emploi ». Les derniers mots que lui avait dits le blond de l'agence Stewart : « Soyez patiente, nous vous ferons signe », n'étaient pas encourageants. Il valait mieux ne pas trop compter là-dessus. Bagherian lui téléphonait toujours vers sept heures du soir. Se sentait-elle bien à l'hôtel Sévigné ? Non, elle n'était pas encore passée à la banque. Mais elle avait assez d'argent. Elle n'avait pas envie de lui demander le certificat pour l'agence Stewart. « Je soussigné, Michel Bagherian, atteste que Mlle Margaret Le Coz m'a donné toute satisfaction… » Quelque chose la gênait là-dedans et même l'attristait. Il avait sûrement écrit des certificats semblables pour d'autres « gouvernantes ». Qui sait ? Il avait fait une liste sur un carnet de toutes les « gouvernantes » avec lesquelles il avait couché, et son nom à elle était inscrit au bas de la page. Elle s'en voulait d'avoir de telles pensées. C'était sans doute injuste pour ce type qui cherchait à lui rendre service. Si peu de gens sont prêts à vous aider, à vous écouter ou, mieux, à vous comprendre… Au téléphone, elle lui répondait par oui ou par non, elle ne savait quoi lui dire. D'ailleurs sa voix à lui était de plus en plus lointaine et recouverte de grésillements. Peut-être n'était-il plus en Suisse et lui téléphonait-il du Brésil où il devait aller avec ses enfants. Elle ne lui avait même pas demandé quand il comptait partir ou s'il avait déjà quitté la Suisse. Et lui n'avait rien dit. Il croyait sans doute que cela ne l'intéressait pas, à cause de sa froideur au téléphone. Qu'il soit en Suisse ou au Brésil, il finirait par se lasser et ne lui téléphonerait plus. Et ce serait très bien comme ça.

Elle avait eu vingt ans au début du mois. Ce jour-là elle ne l'avait même pas dit à Bagherian. Elle n'avait pas l'habitude qu'on fête ses anniversaires. Cela supposait une famille, des amis fidèles, un chemin semé de bornes kilométriques et le long duquel on pouvait se permettre des pauses avant de reprendre sa marche d'un pas égal. Mais elle, au contraire, elle avançait dans la vie par bonds désordonnés, par ruptures, et chaque fois elle repartait de zéro. Alors, les anniversaires... Il lui semblait déjà avoir vécu plusieurs vies.

Elle se souvenait pourtant de ses vingt ans. La veille, Bagherian lui avait confié sa voiture pour qu'elle raccompagne les deux enfants à l'école Mérimont, sur la route de Montreux, à une dizaine de kilomètres. Les enfants restaient là-bas trois jours par semaine, et elle avait peine à s'imaginer que ce chalet entouré d'un grand parc était une école. Elle avait pourtant visité les salles de classe et le petit réfectoire au rez-de-chaussée. Elle venait les chercher le mercredi soir et les ramenait à l'école le lundi. Bagherian lui avait dit que c'était préférable pour eux de vivre quelques jours avec des garçons et des filles de leur âge plutôt que d'être toujours seuls avec leur père. En somme elle n'avait été engagée qu'à mi-temps pour s'occuper d'eux. Existait-il une Mme Bagherian ? Margaret Le Coz avait senti qu'il ne fallait pas aborder le sujet. Était-elle morte ou avait-elle quitté le domicile conjugal ?

Au retour, elle descendait l'avenue d'Ouchy. Elle s'arrêta au feu rouge du croisement, là où se dresse, à droite, l'hôtel Royal-Savoy avec ses tourelles moyenâgeuses qui évoquaient chaque fois Blanche-Neige et les sept nains. Elle eut un coup au cœur. Boyaval était là, sur le trottoir, et s'apprêtait à traverser. Elle voulut détourner la tête, mais elle ne pouvait détacher son regard de cet homme qui portait un manteau noir étroit. Elle essayait de se raisonner : elle était à l'abri dans la voiture. Mais elle se dit qu'à force de le fixer elle attirerait son attention. En effet, à l'instant où il traversait l'avenue et où il allait passer devant la voiture, il la vit. Il grimaça un sourire de surprise. Elle fit semblant de ne pas le reconnaître. Il se tenait debout devant la voiture, et elle avait hâte que le feu soit vert. Toujours le même visage maigre aux pommettes grêlées, les cheveux noirs, coiffés en brosse longue, les yeux gris et durs, la silhouette prise dans des vêtements trop ajustés. Depuis qu'elle était en Suisse, elle avait fini par l'oublier, et maintenant qu'il restait planté, là, tout près d'elle, elle le trouvait encore plus inquiétant. Elle aurait dit : plus répugnant. On s'imagine, avec la légèreté de la jeunesse, s'en tirer à bon compte et avoir échappé à une vieille malédiction, sous prétexte que l'on a vécu quelques semaines de tranquillité et d'insouciance dans un pays neutre, au bord d'un lac ensoleillé. Mais bientôt c'est le rappel à l'ordre. Non, on ne s'en tire pas aussi facilement. À l'instant où le feu changeait, elle l'aurait écrasé sans le moindre remords si elle avait été sûre de l'impunité. Il s'était rapproché et tapa du poing contre le capot. Il se penchait comme s'il voulait coller son visage à la vitre. Le sourire n'était plus qu'un rictus. Elle étouffait. Elle démarra brusquement. Plus loin, elle baissa la vitre pour respirer à l'air libre. Elle éprouvait une légère nausée. Elle ne s'engagea pas à gauche, dans le chemin de Beaurivage, mais continua, tout droit. Elle se sentit mieux quand elle arriva au bord du lac. Sur le large trottoir de la promenade, des touristes qui venaient de sortir d'un car marchaient en groupe, paisiblement. L'homme qui semblait les guider leur désignait, là-bas, les rives de la France. Les premiers jours, elle aussi regardait, de la terrasse de l'appartement de Bagherian, l'autre côté du lac et elle pensait que Boyaval n'était pas si loin, à une centaine de kilomètres. Elle l'imaginait retrouvant sa trace et prenant l'un des bateaux qui font la navette entre Évian et Lausanne. Elle aussi avait envisagé de gagner la Suisse par l'un de ces bateaux. Elle se disait que la frontière serait plus facile à franchir. Et d'ailleurs, existait-il une frontière sur ce lac ? Pourquoi avait-elle peur qu'on ne la retienne à la frontière ? Et puis, dans un mouvement d'impatience, elle était montée dans le car, à la gare routière d'Annecy. Ça irait plus vite. Qu'on en finisse une fois pour toutes.

Elle fit demi-tour, reprit l'avenue d'Ouchy et gara la voiture dans l'allée au lieu de la rentrer au garage. Quand elle poussa le portail, elle regretta de ne pas avoir une clé pour le fermer derrière elle. Elle était seule dans l'appartement. Bagherian ne reviendrait de son bureau que vers cinq heures du soir.

Elle s'assit sur le canapé du salon. Aurait-elle la patience de l'attendre ? La panique la gagnait à l'idée que Boyaval connaissait peut-être son adresse. Mais non, il était là pour une autre raison. Comment aurait-il su qu'elle se trouvait en Suisse ? À moins que quelqu'un n'ait surpris la conversation qu'elle avait eue en avril, à Annecy, dans le hall de l'hôtel d'Angleterre, avec ce brun d'environ trente-cinq ans, plutôt bel homme et qui lui avait confié qu'il cherchait une jeune fille pour s'occuper de ses enfants… Il lui avait laissé son adresse et son numéro de téléphone au cas où cela l'intéresserait. Il n'avait sans doute pas d'enfants, il voulait simplement passer la soirée ou la nuit avec elle. Mais il n'avait pas insisté quand elle lui avait dit qu'elle avait un rendez-vous. Le concierge était venu la chercher et l'avait emmenée dans un bureau où on lui avait annoncé que non, on n'avait pas de travail à lui donner à l'hôtel d'Angleterre. Elle était retournée dans le hall, mais le type n'était plus là. Sur le bout de papier, il avait écrit : Michel Bagherian. 5 chemin Beaurivage. Lausanne. Tél. 320.12.51.

L'une des portes-fenêtres du salon était entrouverte. Elle se glissa sur le balcon et s'appuya à la balustrade. En bas, le chemin de Beaurivage, une petite rue qui menait à l'hôtel du même nom, était désert. Elle avait garé la voiture juste en face de l'immeuble. Il risquait de la reconnaître et peut-être avait-il retenu le numéro d'immatriculation. Tout était calme, le trottoir ensoleillé, on entendait bruire le feuillage des arbres. Il y avait un tel contraste entre cette rue paisible et la silhouette de Boyaval, le manteau noir trop ajusté, le visage à la peau grêlée, les mains comme des battoirs sur ce corps trop maigre... Non, elle ne l'imaginait pas dans cette rue. Elle avait été victime d'une hallucination tout à l'heure, comme dans ces mauvais rêves où reviennent vous tourmenter les peurs de votre enfance. De nouveau, c'est le dortoir du pensionnat ou d'une maison de correction. Au réveil, tout se dissipe et vous éprouvez un tel soulagement que vous éclatez de rire.

Mais là, dans ce salon, elle n'avait pas envie de rire. Elle ne pourrait jamais se débarrasser de lui. Toute sa vie, ce type à la peau grêlée et aux mains énormes la suivrait dans les rues et se tiendrait en sentinelle, devant chaque immeuble où elle entrerait. Et il ne servait à rien que ces immeubles aient une double issue... Mais non, cette situation n'avait pas d'avenir. Il finirait par la tuer. À Annecy, parmi les habitués du café de la Gare, on disait qu'il portait sur lui à dix-huit ans un revolver dans un étui de daim gris. Une coquetterie de sa part, selon ses anciens amis, avec le foulard de soie noué autour du cou et le blouson d'aviateur trop court. Ou bien elle le tuerait comme on écrase un cafard, en espérant les circonstances atténuantes. C'était idiot, elle se montait la tête. Elle voulut brusquement parler à Bagherian. Elle ne connaissait pas le numéro de téléphone de son bureau. Pourquoi ne pas le rejoindre tout de suite, làhaut, rue du Grand-Chêne ? Mais il était peutêtre allé déjeuner dehors. Elle craignait de tomber de nouveau sur Boyaval dans le centre de la ville. Le mieux, c'était d'attendre ici.

Elle avait décidé de tout dire à Bagherian. Elle n'avait pas le choix, il fallait le mettre en garde. L'autre pouvait se montrer violent. Elle marchait de long en large dans le salon et elle essayait en vain de trouver les mots. Comment lui expliquer qu'entre elle et ce type il n'y avait rien ? Elle lui avait toujours manifesté du dédain et de l'indifférence. Et malgré cela il s'obstinait, comme s'il avait des droits sur elle. Un soir qu'il la suivait rue Royale à Annecy, elle s'était retournée pour lui faire face et lui avait demandé sèchement la raison d'une telle insistance. Il avait ébauché un sourire un peu niais qui devait être un tic. Mais le regard restait dur, comme s'il éprouvait pour elle du ressentiment.

De nouveau elle se pencha au balcon. Personne dans la rue. Elle avait hâte que Bagherian soit rentré. Encore une heure à attendre. Elle espérait vraiment qu'il reviendrait seul et non pas accompagné par celle qu'elle appelait « la secrétaire » ou par l'autre, à qui elle avait donné aussi un surnom : « la Norvégienne ». Apparemment, c'était « la Norvégienne » qui passait le plus souvent la nuit avec Bagherian. Était-elle vraiment norvégienne ? Elle avait un léger accent scandinave. Une blonde aux yeux bleus, la plus aimable des deux. L'autre, « la secrétaire », une brune aux cheveux courts, était très froide et lui parlait à peine. Oui, tout irait mieux quand Bagherian serait de retour. Elle était dans le même état d'esprit que le jour où elle l'avait rencontré, à Annecy, dans le hall de l'hôtel d'Angleterre. Après qu'on lui avait dit qu'on ne lui donnerait pas de travail à l'hôtel, elle se sentait découragée. Rue Royale il pleuvait, mais elle n'avait même pas envie de s'abriter. La seule perspective, pour elle, c'était de rencontrer Boyaval qui la suivrait et lui proposerait de boire un verre à la Taverne en la fixant de son regard dur. Elle refuserait comme d'habitude et l'autre continuerait à la suivre le long de l'avenue d'Albigny et des murs du haras. Il se posterait devant l'immeuble en attendant qu'elle ressorte. Au bout d'une heure, il se découragerait. De sa fenêtre, elle verrait la silhouette au blouson de cuir trop court s'éloigner sous la pluie. Mais, cette fin d'après-midi-là, Boyaval ne se manifesta pas. Arrivée sous les arcades, elle sortit de la poche de son imperméable le papier où le brun de tout à l'heure lui avait écrit son adresse. Elle eut envie de lui téléphoner tout de suite, mais elle réfléchit qu'il fallait attendre au moins le lendemain pour qu'il soit chez lui, à Lausanne. Pourquoi le lendemain ? Elle aurait pu faire demi-tour. Il n'avait peut-être pas encore quitté l'hôtel d'Angleterre. Oui, ce type était son seul espoir. Et maintenant, dans le salon de l'appartement, elle ressentait la même impatience. De temps en temps, elle sortait sur le balcon et, le regard fixé vers l'avenue d'Ouchy, elle espérait voir apparaître Bagherian. À Annecy, elle avait téléphoné pendant deux jours au 320.12.51. Le numéro ne répondait pas. Elle se rappelait son soulagement à l'instant où elle avait enfin entendu sa voix et où il lui avait proposé de venir dès le lendemain. Un bel après-midi, l'une des premières journées de printemps. Dans le car, à l'arrêt devant le petit bâtiment de la gare routière, elle était sur le qui-vive, elle avait peur que Boyaval ne paraisse soudain et ne la repère, sur la banquette, derrière la vitre. Il monterait, il serait capable de la traîner pour la faire sortir, et le chauffeur qui était déjà assis au volant n'aurait pas un geste pour la défendre. Ni aucun des rares voyageurs qui prendraient un air gêné. Quelques mots lui passaient par la tête : Non-assistance à personne en danger.

Le car démarra, elle était sauvée. Il suivait lentement l'avenue de Brogny, sous le soleil, longeait le lycée Berthollet et la caserne, et son bonheur n'était troublé que par une vague appréhension : le passeport qu'elle gardait dans l'une des poches de son imperméable était périmé depuis un an. Mais, qu'on la retienne ou non à la frontière, cela n'avait aucune importance. Elle était bien décidée à ne pas rebrousser chemin.

Cet après-midi-là aussi, il faisait beau. Sur les murs du salon, de grandes taches de soleil. Elle serait volontiers sortie de l'immeuble pour marcher au bord du lac jusqu'au parc en attendant le retour de Bagherian. Un après-midi de printemps où la vie devrait être légère. Il suffisait de se laisser aller à son insouciance naturelle, comme elle le faisait souvent. Dans les allées du parc, des écriteaux l'avaient intriguée. Sur le socle d'une sculpture représentant un groupe de singes, il était écrit ce précepte dont elle ne comprenait pas vraiment le sens : « Ne voir que d'un œil. N'entendre que d'une oreille. Savoir se taire. Être toujours à l'heure. » Elle l'avait noté quand même. Ça pourrait toujours servir. Et, au bord de chaque pelouse, on lisait sur un panneau : « Le jeune gazon ne doit pas être piétiné. » Elle se promenait souvent avec les enfants dans ce parc. La pensée que Boyaval déambulait le long de l'avenue d'Ouchy à sa recherche lui ôtait toute envie de sortir. Il lui semblait brusquement que le lac, le parc et les avenues ensoleillées, où elle s'était crue à l'abri, étaient contaminés par la présence de cet homme. Ainsi il existait des gens que vous n'aviez pas choisis, auxquels vous ne demandiez rien et que vous n'auriez même pas remarqués en les croisant, et ces gens-là, sans que vous sachiez pourquoi, voulaient vous empêcher d'être heureux.

Vers cinq heures du soir, quand elle vit marcher Bagherian le long de l'allée, elle retrouva son calme. Heureusement, il n'était pas accompagné de « la secrétaire » ou de « la Norvégienne ». Pour rentrer de là-haut, du centre de la ville, il avait dû prendre le métro — le funiculaire, comme elle disait, à cause de la pente. Elle l'empruntait souvent avec les enfants. Les stations avaient de drôles de noms qu'ils savaient par cœur : Jordils. Montriond. Gare centrale. Dans son désarroi, elle l'appela par son prénom et lui fit un signe du bras. Il leva la tête vers le balcon et lui sourit. Il n'avait pas l'air étonné qu'elle l'ait appelé par son prénom. Elle ouvrit la porte avant qu'il soit arrivé sur le palier. Au lieu de lui serrer la main comme d'habitude, elle posa cette main sur son épaule et elle rapprocha son visage du sien sans qu'il lui témoignât la moindre surprise. Elle fut soulagée de sentir le contact de ses lèvres. C'était encore le meilleur moyen d'oublier Boyaval.

Plus tard, ils étaient dans un restaurant au bord de l'une de ces avenues en pente où les immeubles de couleur ocre ressemblent à ceux de la Côte d'Azur. À l'heure du crépuscule, quand il avait fait beau, elle se disait que, si elle descendait à vélo l'une de ces avenues désertes, elle déboucherait sur une plage. Elle ne se rappelait plus très bien toutes les péripéties de cette soirée. Elle avait bu plus que d'habitude. Après le restaurant, ils étaient montés en voiture vers le centre, jusqu'à son bureau où il avait oublié quelque chose. « La secrétaire » était là, malgré l'heure tardive elle triait des dossiers empilés par terre, comme pour un déménagement. Il avait téléphoné plusieurs fois et elle ne comprenait rien de ce qu'il disait à chaque communication, sans doute parce qu'elle était un peu saoule. Qui pouvait bien être à l'autre bout du fil ? « La secrétaire », après lui avoir dit « bonsoir » du bout des lèvres, faisait semblant de l'ignorer. Oui, décidément, elle était moins gentille que « la Norvégienne ». Ils étaient sortis ensemble tous les trois du bureau. Sur le trottoir de la rue du Grand-Chêne, Bagherian avait proposé de boire un verre au bar de l'hôtel voisin. Elle était assise dans un fauteuil en cuir, entre Bagherian et « la secrétaire », un verre de vodka devant elle. « À la russe », avait dit

Bagherian en trinquant avec elle et « la secrétaire ». Tous deux ils avaient vidé leurs verres
cul sec — comme on disait au café de la Gare à
Annecy —, mais elle buvait à petites gorgées
parce que c'était la première fois qu'on lui servait de la vodka. Il lui semblait que « la secrétaire » devenait aimable. Elle lui souriait et
lui posait des questions. Se sentait-elle bien à
Lausanne ? Et avant, où travaillait-elle ? Avait-elle
de la famille en France ? Elle essayait de répondre, tant bien que mal, la plupart des mots
ne venaient pas. Et pourtant, Bagherian et « la
secrétaire » la regardaient avec bienveillance,
comme s'ils étaient vraiment touchés par cette
difficulté à parler. Elle se rendait bien compte
que les quelques mots qui sortaient de sa bouche étaient de plus en plus confus, mais pour
la première fois de sa vie elle n'éprouvait aucune
gêne, aucune appréhension. Elle n'avait plus
cette crainte qui la tourmentait depuis toujours
en présence des autres, de « n'être pas à la hauteur ». Non, ils n'avaient qu'à l'accepter telle
qu'elle était, elle ne ferait plus aucun effort pour
être à leur hauteur, elle se contenterait d'être
elle-même, tout simplement, et si cela ne leur
plaisait pas, alors tant pis. Une phrase lui revenait en mémoire : « J'aime celui qui m'aime. »
Et tout à coup, elle se surprit à la dire à voix
haute devant Bagherian et « la secrétaire ». Celle-
ci lui lança un regard amusé. Bagherian se pencha vers elle et lui dit de sa voix douce :

« Mais oui, Margaret, vous avez raison, c'est tout à fait juste… J'aime celui qui m'aime… » Et il avait l'air ému par cette phrase.

Elle se demanda si « la Norvégienne » viendrait les rejoindre, mais c'était rare de voir ensemble « la Norvégienne » et « la secrétaire ». Elles passaient la nuit chacune à leur tour dans l'appartement de Bagherian. Une nuit, pourtant, elles étaient restées toutes les deux avec lui. Elle s'était dit que sa vie sentimentale devait être bien compliquée. Et maintenant ? On verrait bien. Il fallait se laisser vivre, comme le disait le patron du café de la Gare, à Annecy. « La secrétaire » était de plus en plus aimable. Elle avait pris la main de Margaret.

« Mais oui, c'est très joli… J'aime celui qui m'aime… Vous me l'écrirez pour que je ne l'oublie pas… »

Bagherian lui demandait :

« Vous n'aimez pas la vodka ? »

Mais si. Elle aimait tout. Elle n'était pas contrariante. Elle vida son verre d'une seule gorgée.

Dehors, sur le trottoir, elle se demanda si « la secrétaire » allait rentrer avec eux à l'appartement. Mais non. « La secrétaire » dit à Bagherian :

« À demain, Michel. »

Et ils se serrèrent la main. Puis elle se tourna vers Margaret et lui sourit.

« Vous m'écrirez cette phrase sur l'amour, hein ? C'est tellement joli… »

Elle la vit s'éloigner et, dans le silence, on entendait le claquement régulier de ses talons hauts. La voiture glissait, moteur éteint, le long de l'avenue d'Ouchy. La pente lui causait un léger vertige. Elle flottait. Elle posa sa tête sur l'épaule de Bagherian et celui-ci tourna le bouton de la radio. Un speaker, d'une voix feutrée, parlait en allemand, un allemand étrange qui n'était pas celui de Berlin où elle était née, un allemand du Sud, pensa-t-elle, avec un léger accent marseillais. Et à cette idée de l'allemand marseillais, elle se mit à rire.

« Je vois que vous êtes plus détendue que tout à l'heure », lui dit Bagherian.

Elle appuyait toujours la tête sur son épaule. Et comme la voiture s'était arrêtée à un feu rouge, il se tourna légèrement et lui caressa les cheveux et la joue.

Dès qu'il s'engagea dans le chemin de Beaurivage, elle reconnut la silhouette de Boyaval devant l'immeuble, dans son manteau noir ajusté. Voilà, elle l'avait prévu. Elle fut étonnée de ne pas éprouver la peur habituelle. Non, c'était le contraire. Elle était suffoquée par un accès de rage. Le verre de vodka de tout à l'heure ou la présence de Bagherian ? Elle avait même envie de le défier. C'était donc ça qui lui empoisonnait la vie et lui faisait raser les murs ? Rien que ça ? Un toquard qui l'empêchait de profiter du soleil… Et elle avait fini par se résigner, comme si c'était une fatalité et qu'elle ne pouvait pas espérer mieux.

« Écrase-le », dit-elle à Bagherian.

Elle lui désignait l'autre, là-bas, devant l'immeuble.

« Pourquoi veux-tu que je l'écrase ? » demanda-t-il d'une voix très douce, presque en chuchotant.

Ils se tutoyaient pour la première fois. Elle sentait la peur l'envahir de nouveau comme une migraine qui revient au bout de quelques heures, après que vous avez pris un calmant. Il gara la voiture, et Boyaval était là, immobile. Impossible de l'éviter.

« Ce type me fait peur. On reste un moment dans la voiture ? »

Bagherian se tourna vers elle, l'air surpris :

« Mais pourquoi il te fait peur ? »

Sa voix était toujours aussi calme. Il avait un sourire ironique qu'il gardait en considérant Boyaval.

« Tu veux que je lui demande ce qu'il fait là ? »

Boyaval s'avança de quelques pas pour mieux voir les occupants de la voiture. Margaret croisa son regard. Il lui lança un sourire. Puis il revint devant l'immeuble.

« Cet après-midi, j'ai marché jusqu'au parc et ce type me suivait. »

Bagherian ouvrit la portière pour sortir, mais elle le retint, la main sur son bras. Le revolver dans son étui de daim gris n'était qu'un détail, une « coquetterie », comme disaient les anciens amis de Boyaval. Il portait quelquefois sur lui un couteau à multiples lames, et l'une de ses plaisanteries favorites, avant de commencer la partie de poker au café de la Gare, c'était de poser la main gauche à plat sur la table, les doigts écartés. Et de planter le couteau de plus en plus vite entre ses doigts. S'il ne s'écorchait pas, ses partenaires aux cartes devaient lui donner cinquante francs chacun. S'il se blessait, il se contentait d'envelopper sa main d'un mouchoir blanc et la partie s'engageait, comme d'habitude. Un soir qu'il l'avait abordée sur la promenade du Pâquier alors qu'elle se dirigeait vers le cinéma du casino, elle lui avait dit, d'un ton plus brutal que d'habitude, de la laisser tranquille. Il avait sorti son couteau, la lame s'était dressée dans un déclic et il avait appuyé légèrement, de la pointe, entre ses seins. Elle avait eu vraiment peur ce soir-là et s'était efforcée de ne pas bouger d'un millimètre. Lui, il la regardait droit dans les yeux avec son drôle de sourire.

« C'est idiot d'avoir peur, lui dit Bagherian. Moi je n'ai jamais peur de rien. »

Il l'entraînait hors de la voiture. Il la prit par le bras. L'autre s'était posté face à eux devant le portail. Bagherian marchait lentement et il lui serrait le bras. Elle se sentait un peu rassurée en sa compagnie. Elle se répétait à elle-même une phrase pour se donner du courage : « Ce n'est pas un enfant de chœur. » Non, malgré ses manières et son français distingués, cet homme qui lui serrait le bras devait avoir des activités dangereuses. Elle avait remarqué les têtes bien particulières de ceux qui fréquentaient son bureau et les individus étranges qui l'entouraient quand elle était venue le rejoindre avec les enfants une fin d'après-midi à Genève dans le hall de l'hôtel du Rhône.

« Vous cherchez quelque chose, monsieur ? » demanda Bagherian.

Boyaval s'était adossé au portail et croisait les bras. Il les considérait tous les deux avec un sourire figé.

« Vous gênez le passage », dit Bagherian, de sa voix douce.

Margaret se tenait en retrait. L'autre ne bougeait pas, les bras croisés, et gardait le silence.

« Vous permettez ? » dit Bagherian, d'une voix plus basse, comme s'il ne voulait pas réveiller quelqu'un.

Il tenta de déplacer Boyaval vers la droite en le poussant par l'épaule, mais celui-ci ne bougeait pas.

« Eh bien je vais être obligé de vous faire du mal. »

Il le poussa si fort que Boyaval fut projeté en avant et tomba de tout son long en bordure du trottoir. Margaret remarqua qu'il saignait à la commissure des lèvres et se demanda s'il n'avait pas perdu connaissance. Bagherian s'était avancé et se penchait sur lui :

« À cette heure vous trouverez une pharmacie encore ouverte avenue de Rumine, monsieur. »

Puis il ouvrit le portail et laissa le passage à Margaret. Il lui avait pris de nouveau le bras. Dans l'ascenseur, il ne lui posait aucune question, comme si rien ne s'était passé et que, de toute manière, cela n'avait pas la moindre importance.

Plus tard, elle était assise à côté de lui sur le canapé. Elle aurait voulu lui donner des explications, lui dire que, depuis quelque temps, ce type la poursuivait sans relâche. Mais il était détendu, souriant, on aurait cru qu'il revenait d'une soirée agréable avec des amis et que l'incident de tout à l'heure n'avait pas eu lieu. À Annecy, au début, elle était allée à deux reprises au commissariat pour chercher une protection et peut-être déposer une plainte. On ne l'avait pas prise au sérieux. La première fois, le policier lui avait dit : « Vous êtes si jolie, mademoiselle… On comprend que vous ayez des soupirants », et la seconde fois, on avait été beaucoup moins aimable avec elle et on l'avait regardée d'un air soupçonneux. Cela n'intéressait personne.

« Je suis désolée, finit-elle par bredouiller.

— Désolée pourquoi ? »

Il versait de l'alcool dans deux verres. Il s'approchait d'elle et lui murmurait dans le creux de l'oreille : « À la russe. » Cette fois-ci, elle était décidée à vider le verre d'un seul trait. S'il n'avait manifesté aucune curiosité au sujet de la présence de Boyaval devant l'immeuble, c'était sans doute que dans sa vie à lui il y avait des choses plus inquiétantes et que cet épisode lui semblait très banal. Voilà pourquoi il ne s'étonnait de rien et faisait preuve de sang-froid, et même d'insouciance. Il avait bien raison, et elle l'aimait pour ça. Il avait éteint la lampe du salon et elle sentit sa main qui déboutonnait son chemisier à l'endroit où l'autre, il y a déjà longtemps, avait appuyé la lame du couteau. Mais maintenant, c'était différent. Elle pouvait enfin se laisse flotter. Oui, avec lui tout paraissait soudain très simple.

Vers quatre heures du matin, elle quitta un instant la chambre de Bagherian pour ranger ses vêtements restés dans le désordre sur le canapé et la moquette du salon. C'était un réflexe qui lui venait des années de pensionnat, et aussi l'habitude de ne jamais se trouver dans une chambre et un lieu qui auraient été vraiment les siens. Toujours de passage et sur le qui-vive. Chaque fois il fallait que ses vêtements soient bien rangés à côté d'elle, pour qu'elle parte à la moindre menace.

La fenêtre du salon était entrouverte, et elle entendait le bruit de la pluie. Elle colla son front à la vitre. En bas, Boyaval était toujours là. Elle le voyait bien dans la lumière de l'entrée dont les appliques restaient allumées pendant la nuit. Il avait l'air d'une sentinelle qui s'obstinait à une garde inutile. Il fumait. Des traces de sang sur le bas de son visage. Il ne s'abritait même pas de la pluie sous l'auvent de l'entrée. Il se tenait très raide, presque au garde-à-vous. Il aspirait de temps en temps une bouffée de cigarette. Son manteau trempé lui collait au corps. Elle se demandait si toute sa vie cette silhouette noire lui cacherait l'horizon. Elle devrait puiser en elle des réserves de patience, mais elle l'avait toujours fait depuis qu'elle était enfant. Pourquoi ? Et jusqu'à quand ?

Dans la chambre de l'hôtel Sévigné, elle traversait des nuits d'insomnie, comme cela lui arrivait souvent à Annecy. Elle avait toujours eu peur de prendre des somnifères, peur de ne plus jamais se réveiller.

Une fois, à Annecy, vers trois heures du matin, elle n'en pouvait plus de rester dans sa chambre sans trouver le sommeil. Alors elle était sortie, elle avait suivi la rue Vaugelas déserte. La seule lumière, c'était celle du café de la Gare, ouvert pendant toute la nuit.

Elle y était retournée, à chaque insomnie. Les clients étaient toujours les mêmes. Une chose l'avait intriguée : ces gens-là, on ne les voyait pas le jour dans les rues. Mais si, pourtant. Rosy travaillait dans une parfumerie de la rue Royale, Margaret Le Coz l'observait derrière la vitrine et elle avait l'impression que cette fille blonde, souriante et très soignée, n'était pas la même personne que celle de la nuit. Et elle avait croisé plusieurs fois le docteur Hervieu en fin d'après-midi. Était-ce vraiment le même homme ? De jour, ni Rosy ni le docteur Hervieu ne semblaient la reconnaître, alors que la nuit, dans le café, ils lui adressaient la parole. Mais, les autres, elle ne les avait jamais rencontrés le jour, comme s'ils se dissipaient dès le lever du soleil : Olaf Barrou, Guy Grene, et celle que l'on appelait Irma la Douce... C'était là, au café de la Gare, qu'elle avait remarqué, dès la première nuit, Boyaval. Au début, elle ne se méfiait pas. Il lui témoignait une certaine gentillesse. Il venait lui serrer la main et lui dire quelques mots aimables avant de commencer sa partie de poker. Puis elle s'était rendu compte, au fur et à mesure, combien il était nerveux. Une nuit, il lui avait proposé de l'emmener à La Clusaz pour la journée. Ils feraient du ski, tous les deux. Elle avait refusé. Elle n'était jamais montée sur une paire de skis. Mais l'autre s'était montré agressif :

« Pourquoi ? Vous avez peur de moi ? »

Elle avait été très surprise et ne savait pas quoi lui répondre. Heureusement les autres l'avaient entraîné pour leur partie de poker. Elle avait appris que ce type, quelques années auparavant, avait failli être membre de l'équipe de France de ski, mais qu'il avait eu un accident assez grave. Il avait été moniteur à La Clusaz et à Megève.

Et maintenant il était vaguement employé au syndicat d'initiative. Alors peut-être avait-il été vexé par le peu d'enthousiasme qu'elle avait manifesté pour le ski, et une certaine désinvolture quand elle avait refusé sa proposition. Mais, au bout de quelques nuits, son attitude vis-à-vis d'elle prenait un caractère inquiétant.

Elle l'avait croisé plusieurs fois, au début de l'après-midi, quand elle allait travailler à mi-temps dans la librairie de la Poste. Il lui barrait le passage comme s'il sentait qu'elle ne voulait pas lui parler. Elle essayait de garder son calme et d'être polie. Mais, à chaque rendez-vous qu'il lui proposait, elle trouvait un prétexte pour refuser, et de nouveau il se montrait agressif. Un soir, elle avait accepté de l'accompagner au cinéma. Elle s'était dit qu'après, il serait peut-être moins pressant. Ce soir-là, ils étaient presque les seuls spectateurs dans la salle du casino. Elle s'en souvenait si bien qu'à Paris, dans cette chambre de l'hôtel Sévigné, quand elle y pensait, le film et ses teintes noires et grises étaient définitivement associés pour elle à Annecy, au café de la Gare, à Boyaval. Elle attendait que, dans l'obscurité, il finisse par lui entourer l'épaule de son bras, ou qu'il lui prenne la main, et elle l'accepterait malgré sa répugnance. Par moments, elle doutait si fort d'elle-même qu'elle était prête à donner du sien pour que les autres l'acceptent ou ne lui témoignent plus d'hostilité. Oui, souvent, elle se sentait dans la situation inconfortable de ces gens qui doivent sans cesse céder à des maîtres chanteurs en espérant quelques instants de répit.

Mais, pendant toute la séance, il n'eut aucun des gestes qu'elle appréhendait. Il se tenait très raide sur son siège. Elle remarqua qu'il se penchait en avant, comme s'il était fasciné par l'écran, à l'instant où la fille entre dans la chambre du jeune chef d'orchestre et le tue à coups de revolver. Elle éprouva une très vive sensation de malaise. Elle avait brusquement imaginé Boyaval, le revolver à la main, entrant dans sa chambre de la rue du Président-Favre.

À la sortie du cinéma, il lui avait proposé de la raccompagner chez elle. Il avait une voix douce, une timidité qu'elle ne lui connaissait pas. Ils marchaient côte à côte et il ne lui faisait pas la moindre avance. De nouveau, il voulait l'emmener un après-midi à La Clusaz pour une leçon de ski. Elle n'osait pas refuser de peur qu'il ne retrouve sa mauvaise humeur. Ils avaient dépassé la promenade du Pâquier et ils étaient à la hauteur de la villa Schmidt.

« Vous avez un petit ami ? »

Elle ne s'attendait pas qu'il lui pose une telle question. Elle répondit : non. C'était plus prudent. Elle se rappelait la scène du film où la fille tire à coups de revolver, par jalousie.

Depuis ce moment, et jusqu'à ce qu'ils soient arrivés devant l'immeuble, il était de plus en plus fébrile mais il gardait le silence. Elle se demandait s'il avait l'intention de monter dans sa chambre. Elle avait décidé de ne pas le contrarier. Pour se sentir du courage, elle se répétait à elle-même un conseil que lui avait donné une fille au pensionnat et qu'elle avait souvent suivi : Ne pas faire de vagues. Elle s'arrêta devant la porte de l'immeuble.

« Vous montez ? »

Elle avait décidé de crever l'abcès. Elle voulait savoir comment réagirait ce type qui la harcelait sans qu'elle s'explique très bien sa manière d'être. Au moins, elle serait fixée.

Il eut un mouvement de recul et elle fut frappée par l'expression de son regard — une expression de ressentiment qu'elle surprendrait souvent par la suite, quand il lèverait les yeux sur elle, un ressentiment dont, chaque fois, elle avait envie de lui demander la raison.

« Tu n'as pas honte de me parler comme ça ? »

Il l'avait dit d'un ton sévère mais d'une curieuse voix de fausset.

Elle reçut la gifle sur sa joue gauche, sans qu'elle s'y attende. C'était la première gifle depuis le pensionnat. Elle resta un instant hébétée. D'un geste machinal, elle posa un doigt à la commissure de ses lèvres pour voir si elle saignait. Maintenant, elle lui faisait face, et elle eut le sentiment que c'était lui qui était sur la défensive. Elle s'entendit lui dire, d'une voix froide :

« Vous ne voulez vraiment pas ? C'est drôle...

Vous avez peur de monter ? Dites-moi pourquoi vous avez peur. »

Un hibou, aveuglé par la lumière. Il reculait devant elle. Elle le regardait s'éloigner, d'une démarche saccadée, le long de la rue. Là-bas, il finissait par se confondre avec le mur sombre du haras. Il allait se dissiper dans l'air. Elle se disait qu'elle n'entendrait plus jamais parler de lui.

Mais il reparut deux jours plus tard. Elle était assise derrière le bureau de la librairie de la rue de la Poste. Six heures du soir et il faisait déjà nuit. Il se tenait devant la vitrine et l'on aurait cru qu'il contemplait les livres exposés. De temps en temps, il lui jetait un regard et il ébauchait un sourire. Il entra dans la librairie.

« Je suis désolé pour l'autre soir. »

Elle lui dit d'une voix très calme :

« Ça n'a aucune importance. »

Son flegme parut le rassurer.

« Alors vous ne m'en voulez pas ?

— Non.

— On se verra peut-être au café de la Gare ?

— Peut-être. »

Elle s'absorba de nouveau dans un travail de comptabilité dont il ne chercha pas à la distraire. Au bout de quelque temps, elle entendit la porte de la librairie se refermer sur lui. Malgré ses insomnies, elle n'allait plus au café de la Gare, par crainte de le rencontrer. Chaque soir, vers six heures, il était derrière la vitrine

116

de la librairie. Il la guettait. Elle s'efforçait de rester impassible, elle mettait ses lunettes de soleil pour se protéger, et le visage de Boyaval à travers la vitre devenait flou. Un visage et un corps assez maigres, mais ils donnaient à Margaret un sentiment de pesanteur comme si la charpente était plus lourde et la peau plus molle et plus blanche qu'elles ne paraissaient au premier abord. D'ailleurs, ceux qui jouaient au poker avec lui au café de la Gare partageaient cette impression, puisqu'ils l'appelaient « le Mammouth ». Rosy, la fille de la parfumerie, lui avait dit qu'il avait un autre surnom dont Margaret n'avait pas compris le sens : « Coup Bref ».

À Paris, dans cette chambre de l'hôtel Sévigné, tout cela lui paraissait si lointain... Et pourtant, quand elle se réveillait en sursaut, au creux de la nuit, elle ne pouvait s'empêcher d'y penser. Un jour, elle marchait avec Rosy sous les arcades des grands blocs d'immeubles, près de la Taverne. Elle s'était un peu confiée et elle lui avait demandé comment se débarrasser de ce type. L'autre lui avait dit : « Il te harcèle, car tu n'as pas de défenses immunitaires... Il est comme les microbes... » Oui elle se trouvait souvent dans un état de grande vulnérabilité. Et cela lui était apparu clairement quand elle était allée à la police, pour leur demander protection. Ils l'avaient traitée en quantité négligeable. Ils n'auraient pas eu la même attitude si elle avait été la fille d'un industriel ou d'un notaire de la région. Mais elle n'avait aucune famille, ils la considéraient comme UNE FILLE DE RIEN, le titre d'un roman qu'elle avait lu. Le policier, en examinant son passeport périmé, lui avait demandé pourquoi elle était née à Berlin et où étaient ses parents. Elle avait menti : un père ingénieur des mines habitant Paris et souvent à l'étranger avec sa femme ; et elle, ayant fait de bonnes études chez les sœurs de Saint-Joseph à Thônes et au pensionnat de La Roche-sur-Foron. Mais cela ne semblait pas beaucoup intéresser son interlocuteur. Tant mieux pour elle. Il aurait été pénible d'entrer dans les détails. Il lui avait déconseillé, avec un sourire ironique, de déposer une plainte contre quelqu'un qui ne lui voulait certainement pas de mal... Rien qu'un amoureux. Vous savez, avait-il dit pour conclure, tant qu'il n'y a pas mort d'homme...

Mais oui, elle aurait été gênée si ce flic était entré dans les détails... Hier, elle avait reçu une lettre, la première depuis longtemps, posée là sur la table de nuit. Elle regardait l'enveloppe et elle était presque étonnée de lire :

> Mademoiselle Margaret Le Coz
> Hôtel Sévigné
> 6 rue de Belloy
> Paris 16ᵉ

La lettre était à l'en-tête de l'agence Stewart. Quelques lignes tapées à la machine :

Chère Mademoiselle,

Je vous rappelle ce que je vous avais demandé lors de notre rendez-vous de jeudi dernier : un certificat de votre ancien employeur, M. Bagherian. D'autre part, pourriez-vous me faire parvenir un bref curriculum vitae vous concernant, car je viens de m'apercevoir que votre fiche à l'agence est un peu sommaire pour nos clients.

Sincères salutations,

J. TOUSSAINT.

Sa vie... Aux moments d'insomnie, dans la chambre de l'hôtel Sévigné, de brefs épisodes lui revenaient en mémoire et elle avait l'impression de voyager dans un train de nuit. Les secousses du wagon s'accordaient bien au rythme de sa vie. Elle appuyait le front à la vitre du compartiment. L'obscurité, et puis, de temps en temps, les quais déserts d'une gare que l'on traversait, sur un panneau, le nom d'une ville qui était un point de repère, le noir d'un tunnel... Berlin. Elle n'avait presque aucun souvenir de Berlin. Elle se trouve avec d'autres enfants sur un monticule de gravats, en face des immeubles en ruine, et ils regardent tout l'après-midi passer les avions qui se succèdent à une cadence rapide et atterrissent un peu plus loin. Quand elle rêve en allemand, elle entend une chanson qui parle du Landwehrkanal et qui lui faisait peur... Elle a gardé longtemps un vieux livre, imprimé pendant la guerre, *Autant en emporte le vent*. Dans celui-ci, elle avait découvert une fiche qui servait de marque-page, à l'entête de l'usine Argus Motoren, Graf Roedern Allee ; Berlin — Reinickendorf, et où était écrit le nom de sa mère : Le Coz Geneviève, née à Brest. Française. Elle l'a toujours, cette fiche, le seul souvenir qui lui reste de sa mère. Il vous arrive de perdre au bout de quelques jours un objet auquel vous tenez beaucoup : trèfle à quatre feuilles, lettre d'amour, ours en peluche, alors que d'autres objets s'obstinent à vous suivre pendant des années sans vous demander votre avis. Quand vous croyez vous en être débarrassé pour de bon, ils réapparaissent au fond d'un tiroir. Il faudrait peut-être qu'elle communique la fiche à ce monsieur J. Toussaint de l'agence Stewart. Ça pourrait intéresser les clients.

Et puis, de Berlin, le retour en France jusqu'à Lyon. Elle n'avait pas encore l'âge de raison, mais elle se souvient du train de nuit qui s'arrêtait dans toutes les gares et, pendant des heures, en pleine campagne. Elle ne sait plus si sa mère l'accompagnait ou si elle était seule dans ce train. À Lyon, sa mère travaille chez des gens : elle aussi, sans doute, avait dû s'inscrire dans un bureau de placement du genre de l'agence Stewart. Le pensionnat sur la montée Saint-Barthélemy. Dans ses rêves, encore aujourd'hui, elle marche et c'est toujours le même trajet, la nuit, de la place des Terreaux jusqu'au quai Saint-Vincent, le long de la Saône. Elle sent bien que quelqu'un l'accompagne de loin, mais elle ne peut pas l'identifier à cause de la brume. Son père qu'elle n'a jamais connu ? Elle traverse le pont et se retrouve place Saint-Paul. Elle ne détache pas les yeux de la grande horloge lumineuse de la gare. Elle attend quelqu'un, sur les quais, un train qui vient d'Allemagne. Sa mère se marie avec un garagiste de la Croix-Rousse qu'elle n'aime pas. Pensionnats à Thônes et à La Roche-sur-Foron. Elle coupe définitivement les ponts avec sa mère. À Annecy, elle obtient ses premiers emplois chez Zuccolo et, l'été, à la buvette du Sporting. Elle est engagée comme serveuse chez Fidèle Berger et travaille à la librairie de la Poste. On ne veut pas d'elle à l'hôtel d'Angleterre. Elle occupe une place de gouvernante à Lausanne auprès des deux enfants d'un monsieur Michel Bagherian.

Une fille marchait devant Bosmans en poussant une voiture d'enfant et elle avait, de dos, la même silhouette que Margaret. Il ne connaissait pas ce parc, sur l'emplacement des anciens entrepôts de Bercy. Là-bas, de l'autre côté de la Seine, le long du quai qui ne s'appelait plus de la Gare, des gratte-ciel. Il les voyait pour la première fois. C'était un autre Paris que celui qui lui était familier depuis son enfance et il avait envie d'en explorer les rues. Cette fille, devant lui, ressemblait vraiment à Margaret. Il la suivait tout en gardant entre elle et lui la même distance. La voiture d'enfant qu'elle poussait d'une seule main était vide. À mesure qu'il traversait le parc sans la quitter des yeux, il finissait par se persuader que c'était Margaret. Il avait lu, la veille, un roman de science-fiction, *Les Corridors du temps.* Des gens étaient amis dans leur jeunesse, mais certains ne vieillissent pas, et quand ils croisent les autres, après quarante ans, ils ne les reconnaissent plus. Et d'ailleurs il ne peut plus y avoir aucun contact entre eux : Ils sont souvent côte à côte, mais chacun dans un corridor du temps différent. S'ils voulaient se parler, ils ne s'entendraient pas, comme deux personnes qui sont séparées par une vitre d'aquarium. Il s'était arrêté et la regardait s'éloigner en direction de la Seine. Il ne sert à rien que je la rattrape, pensa Bosmans. Elle ne me reconnaîtrait pas. Mais un jour, par miracle, nous emprunterons le même corridor. Et tout recommencera pour nous deux dans ce quartier neuf.

Il longeait maintenant la rue de Bercy. Il était entré la veille dans l'un de ces cafés où l'on consulte Internet. Le nom « Boyaval », qu'il avait oublié — ou plutôt qui était resté « dormant », comme les noms de très anciennes familles de l'aristocratie anglaise qui disparaissent pendant des siècles parce qu'elles n'ont plus de descendants, mais ressurgissent un jour, brusquement, sur l'état civil de nouveaux venus —, ce nom, Boyaval, était reparu du fond du passé. Une météorite tombée devant lui au bout de quarante ans de chute. Il avait tapé sur le clavier : « Pages blanches ». Puis : « Boyaval ». Un seul Boyaval à Paris et dans toute la France. Boyaval Alain. Agence immobilière, 49 rue de Bercy.

Dans la vitrine étaient exposées, sur un panneau, des photos avec les prix des appartements à vendre. Il poussa la porte. Un homme était assis au fond de l'agence, derrière un bureau métallique. À droite, plus près de la vitrine, une jeune fille rangeait des dossiers sur des étagères.

« Monsieur Boyaval ?

— Lui-même. »

Bosmans se tenait là, figé, devant le bureau. Il ne savait quoi dire. L'autre avait levé la tête vers lui. C'était un homme aux cheveux blancs coiffés en brosse longue, aux yeux gris. Il portait un costume du même gris que ses yeux. Visage maigre. De fortes pommettes.

« En quoi puis-je vous être utile ? »

Sa voix était douce et son sourire courtois.

« Je cherche un appartement, dit Bosmans. De préférence dans le quartier.

— Je ne m'occupe que des appartements dans le quartier. Et aussi dans le treizième, autour de la Bibliothèque nationale.

— Vous avez raison, dit Bosmans. Ce sont des quartiers neufs.

— Je préfère travailler dans le neuf. »

Il lui désignait le fauteuil, en face de lui.

« Et vous aimeriez dans quels prix ?

— Peu importe », dit Bosmans.

Comment entrer dans le vif du sujet ? Mais quel sujet ? C'était absurde, il s'agissait d'un autre Boyaval. La jeune fille déposait devant lui un dossier dont la chemise était ouverte, et il signait plusieurs feuillets avant qu'elle reprenne le dossier et le range sur l'étagère.

« Il me semble avoir rencontré un M. Boyaval dans le temps, dit Bosmans d'une voix blanche.

— Ah oui ? »

Il le fixait de ses yeux gris où Bosmans crut voir passer une ombre d'inquiétude.

« Il y a très longtemps… à Annecy… »

C'était l'une des rares indications que lui avait données Margaret concernant ce fantôme. Elle l'avait connu à Annecy.

L'autre consulta son bracelet-montre et jeta un coup d'œil sur la jeune fille qui rangeait les dossiers. Il paraissait nerveux. À cause d'un simple mot : Annecy ?

« Vous voulez que nous allions boire un verre à côté ? C'est souvent là que je discute avec mes clients. Vous m'expliquerez exactement ce que vous cherchez… »

Dans la rue, Bosmans remarqua qu'il boitait légèrement. Mais il se tenait très droit et, avec cette raideur, ses cheveux blancs en brosse longue et ce visage émacié, il aurait pu passer pour un ancien militaire.

Ils s'assirent à la terrasse d'un café, au soleil. Ils étaient les seuls clients. De l'autre côté de la rue s'étendait le parc de Bercy où, tout à l'heure, le sosie de Margaret — peut-être elle, dans une autre vie — poussait une voiture d'enfant vide.

« Une menthe à l'eau. Et vous ?

— La même chose, dit Bosmans.

— Il vous faut un appartement d'environ quelle superficie ?

— Oh… simplement un studio.

— Alors j'ai un grand choix, dans les parages, et de l'autre côté de la Seine. »

Et il désignait du bras, au-delà du parc de Bercy, les gratte-ciel du bord de Seine que Bosmans avait vus tout à l'heure pour la première fois.

« Ce sont de nouvelles rues ? demanda Bosmans.

— Oui, elles datent d'à peine cinq ans. Moi-même j'habite là-bas. Je n'ai que le pont à traverser pour aller chaque matin à l'agence. Je ne vais pratiquement jamais dans le vieux Paris.

— Et dans le vieil Annecy ? » demanda Bosmans.

Il nota chez son vis-à-vis un léger mouvement de surprise. Mais le buste restait très droit.

« Ah oui… vous m'avez dit… Vous vous souvenez d'un Boyaval à Annecy… »

Il lui souriait d'un sourire un peu affecté.

« Vous avez habité Annecy ?

— Non, mais j'avais des amis là-bas qui m'ont parlé d'un Boyaval.

— Alors cela doit remonter à la nuit des temps. »

Le sourire se voulait beaucoup plus franc, plus amical.

« Au moins quarante ans », dit Bosmans.

Un silence. L'autre avait baissé la tête, comme s'il se concentrait pour faire une déclaration importante et qu'il cherchait les mots. Il la releva brusquement et fixa Bosmans de ses yeux gris.

« Je ne sais pas ce que vos amis vous ont dit.... Moi-même j'ai très peu de mémoire.

— Rien de spécial, dit Bosmans. Ce Boyaval avait failli faire partie de l'équipe de France de ski.

— Alors, c'est bien la même personne. »

Bosmans fut surpris par la voix enrouée, le sourire triste, les traits du visage qui s'étaient affaissés. Il remarqua la peau grêlée sur les pommettes, comme s'il voyait maintenant les détails de ce visage à l'aide de rayons infrarouges ou ultraviolets. L'autre, pour se donner une contenance, avala une gorgée de menthe à l'eau et finit par dire :

« Mais non, je me trompe... Ce n'est plus du tout la même personne... »

Le visage était redevenu lisse, le teint avait pris de la couleur. Bosmans fut étonné de ce changement. Il pensa que son regard à lui avait perdu l'acuité des infrarouges et des ultraviolets. L'autre semblait chercher ses mots.

« Comme vous l'avez remarqué, monsieur, il y a plus de quarante ans de cela... »

Il haussait les épaules.

« Et quels sont vos amis qui habitaient Annecy ?

— Une fille. Elle s'appelait Margaret Le Coz, dit Bosmans en articulant bien les syllabes du nom.

— Vous dites : Margaret Le Coz ? »

Il tentait peut-être de se souvenir. Il fronçait les sourcils. Son regard était ailleurs.

« Et elle vit toujours ?

— Je ne sais pas, dit Bosmans.

— Je ne me souviens pas d'une Margaret Le Coz », dit-il d'une voix de nouveau enrouée.

Et, de nouveau, les traits du visage s'affaissaient, la peau était grêlée aux pommettes.

« Vous voyez, monsieur, c'est un peu comme dans ce quartier — et Bosmans fut frappé par la tristesse de sa voix —, je ne sais pas si vous avez connu les entrepôts et le quai de Bercy... Il y avait des platanes qui formaient une voûte de feuillages... Des rangées de tonneaux sur le quai... Aujourd'hui on se demande si cela a vraiment existé... »

Il commandait encore une menthe à l'eau.

« Vous prendrez la même chose ?

— Oui. »

Il se penchait vers Bosmans :

« Quand nous serons revenus à l'agence, je vous ferai une petite liste de nos studios disponibles. Il y en a de très spacieux et de très clairs. »

Il avait posé sa main gauche à plat sur la table. De la main droite, il avait pris la cuillère sur la soucoupe et, du manche, il tapotait la table entre ses doigts écartés. Bosmans ne pouvait pas détacher son regard des cicatrices sur le dos de sa main et le long du médius et de l'annulaire. On aurait dit que cette main avait été tailladée autrefois par de multiples coups de canif.

À peu d'intervalle — la même saison, un printemps précoce où il faisait aussi chaud pendant plusieurs jours qu'au mois de juillet —, Bosmans, de nouveau, avait vu apparaître ce qu'il appelait un « fantôme du passé » — ou tout au moins l'avait-il cru. Mais non, il en était presque sûr.

Le quartier où il s'était retrouvé ce soir-là ne lui avait pas donné une impression si différente de celui de l'agence immobilière de Boyaval. Mais quand même, il préférait le parc de Bercy, et de l'autre côté de la Seine les gratte-ciel et les immeubles étincelants autour de la Bibliothèque nationale où une fille qui ressemblait à Margaret — mais non, c'était Margaret telle qu'il l'avait connue — vivait une nouvelle vie dans des rues neuves. Un jour, lui aussi aurait peut-être la chance de la rejoindre, s'il parvenait à franchir les frontières invisibles du temps.

Il avait donné une centaine de pages à taper — mais aujourd'hui utilisait-on encore ce verbe, qui évoquait le bruit monotone des vieilles machines ? — à une secrétaire travaillant à domicile. Tout était prêt, lui avait-elle dit ce jour-là. Il pouvait passer vers huit heures du soir, à son adresse, du côté de la porte de Saint-Cloud.

Il avait pris le métro. C'était comme du temps de Simone Cordier, quand il lui apportait chaque semaine les feuilles manuscrites. Et chaque fois, elle n'avait tapé que trois pages. Dans cet appartement sans meubles, où posait-elle sa mystérieuse machine à écrire ? Sur le bar ? Alors, se tenait-elle debout ou assise sur le haut tabouret ? Depuis, il avait écrit plus d'une vingtaine de livres, et on avait fait quelques progrès techniques : tout à l'heure la femme lui remettrait une clé USB et l'on obtiendrait un texte lisse, sans les O barrés d'un trait, les trémas et les cédilles de Simone Cordier. Mais qu'est-ce qui avait vraiment changé ? C'était toujours les mêmes mots, les mêmes livres, les mêmes stations de métro.

Il descendit à Porte-de-Saint-Cloud. Oui, il préférait les nouveaux quartiers de l'Est, ces terrains neutres qui vous donnent l'illusion que vous pourriez y vivre une seconde vie. Au contraire, l'église en briques rouges sur la place de la porte de Saint-Cloud le ramenait au passé et lui rappelait un épisode malheureux : il a douze ans, il est assis sur le siège arrière d'une quatre-chevaux, sa mère et le défroqué devant lui, ce dernier au volant. Il profite d'un feu rouge pour s'échapper de la voiture, il court jusqu'à l'église et s'y cache pendant tout l'après-midi, de peur que les deux autres ne le repèrent sur un trottoir. C'est sa première fugue.

À la sortie du métro, en fouillant la poche intérieure de sa veste, il s'aperçut qu'il avait oublié le bout de papier où étaient écrits le nom de la secrétaire, son adresse et son numéro de téléphone. Elle s'appelait Clément. Il se souvenait aussi du nom de l'avenue : Dode-de-la-Brunerie. Il ne la connaissait pas. Il demanda son chemin à un passant. Tout droit, de l'autre côté de la place, juste avant Boulogne.

Il s'attendait à une avenue assez courte, bordée de bâtiments de taille moyenne, et il espérait qu'il n'y aurait pas de codes aux portes cochères. Ainsi, chaque fois, il consulterait la liste des locataires, à la recherche de Mlle Clément. Mais les immeubles étaient à peu près de la taille de ceux de l'ancien quai de la Gare qu'il avait vus pour la première fois, le jour où il s'était rendu à l'agence de Boyaval. De grands immeubles neufs. Sept numéros pairs simplement : n° 2, n° 6, n° 10, n° 12, n° 16, n° 20, n° 26. Bosmans, en levant les yeux vers le ciel, pensa que chaque numéro contenait une cinquantaine de personnes. Des noms défilaient devant ses yeux. Jacqueline Joyeuse. Marie Feroukhan. Brainos. André Cocard. Albert Zagdun. Falvet. Zelatti. Lucienne Allard. Mais pas une seule Clément dans tout ça. La tête lui tournait. Les noms étaient des chevaux de course qui passaient sans cesse au galop sans lui laisser le temps de les distinguer les uns des autres. Roi de Cœur. Kynette. Bleu et Rouge. Mercury Boy. Enjôleuse. Ma Dorée. Une angoisse le prenait à la gorge, un sentiment de vide. Il ne retrouverait pas Mlle Clément parmi ces milliers et ces milliers de noms et de chevaux. Il avait hâte de quitter cette avenue. Le sol se dérobait sous ses pas. À quoi avaient servi tant d'efforts, depuis quarante ans, pour étayer les pilotis ? Ils étaient pourris.

Il fut saisi d'un vertige en traversant la place. Il se répétait à haute voix le nom de l'église, là-bas, où il s'était réfugié un après-midi de son enfance pour échapper à la femme aux cheveux rouges — sa mère, paraît-il — et au faux torero. Sainte-Jeanne-de-Chantal.

Il entra dans un café et s'assit à la première table, sur une banquette de cuir rouge. Il s'imagina en train de boire une bouteille d'alcool au goulot, ce qui lui procurerait l'ivresse et la paix de l'âme. Et cette pensée le fit rire, tout seul, là, sur la banquette. Quand le serveur se présenta, il lui dit d'une voix mal assurée :

« Un verre de lait, s'il vous plaît. »

Il tâchait de respirer à intervalles réguliers. Sainte-Jeanne-de-Chantal. Cela allait mieux, maintenant. Il retrouvait ses esprits. Il aurait aimé parler à quelqu'un et rire avec lui de son angoisse de tout à l'heure. Enfin, quoi... à son âge... L'avenue Dode-de-la-Brunerie n'était quand même pas la forêt d'Amazonie, non ? Cette fois-ci il était complètement rassuré.

Il se sentait même dans un état de légère torpeur. Il avait décidé de rester là, assis, jusqu'à la tombée de la nuit. Il n'avait plus rien à craindre. Sa mère et le défroqué ne patrouillaient plus depuis près d'un demi-siècle, dans leur quatre-chevaux, à sa recherche, avec leur pauvre cortège de fantômes.

Il écoutait, d'une oreille distraite, les conversations des rares clients aux tables voisines. Presque neuf heures du soir. Il vit entrer une femme d'un certain âge, les cheveux blancs coupés au carré, qui marchait avec raideur au bras d'une jeune fille. Elle était vêtue d'un pantalon noir et d'un imperméable beige. La jeune fille l'aida à s'asseoir à la table du fond et prit place à côté d'elle sur la banquette. La femme n'avait pas quitté son imperméable.

Bosmans la regarda d'abord comme il l'avait fait pour les autres clients : un regard qui ne s'attardait pas, un regard mobile qui se posait sur un visage, sur un passant derrière la vitre, et là-bas, de l'autre côté de la place, sur l'église Sainte-Jeanne-de-Chantal. La jeune fille tendait un agenda à la femme aux cheveux blancs, et celle-ci écrivait quelques mots de la main gauche. Il avait toujours été frappé par cette position particulière de la main chez les gauchers, le poing presque fermé quand ils écrivent. Était-ce cela qui réveilla un vague souvenir chez lui ? Il fixa son regard sur le visage de cette femme et, brusquement, après tant d'années, il crut la reconnaître. Yvonne Gaucher. Un après-midi qu'ils se trouvaient chez elle, lui et Margaret, la voyant écrire de la main gauche, il lui avait dit : « Vous portez bien votre nom. »

Des dizaines et des dizaines d'années s'étaient

écoulées, depuis… Le fait qu'Yvonne Gaucher soit encore vivante, à quelques mètres de lui, et qu'il suffise de se lever et de lui parler — mais il ne se souvenait plus s'il l'appelait par son prénom — lui causait une sensation étrange. Il était incapable de marcher vers elle. De toute manière, elle ne me reconnaîtra pas, pensa-t-il. Et même si je lui dis mon nom et le nom de Margaret, cela n'évoquera rien pour elle. Certaines rencontres qui datent de votre extrême jeunesse, vous en gardez un souvenir assez vif. À cet âge, tout vous étonne et vous paraît nouveau… Mais celles et ceux que vous avez croisés et qui avaient déjà vécu une part de leur vie, vous ne pouvez pas leur demander une mémoire aussi précise que la vôtre. Nous n'étions certainement pour elle, Margaret et moi, que deux jeunes gens parmi tant d'autres qu'elle avait côtoyés de manière très brève. Et connaissait-elle même nos noms et nos prénoms à cette époque ?

Elle se tournait de temps en temps vers la jeune fille avec cette raideur que Bosmans avait remarquée dans sa façon de marcher. Tout à l'heure elle lui tenait le bras, et elle s'appuyait sur elle. Son pas était très lent, la jeune fille l'avait aidée à s'asseoir sur la banquette. Elle est devenue aveugle, pensa Bosmans. Mais non, elle lisait la carte du menu. La vieillesse, tout simplement.

Si je n'avais pas ressenti cette espèce de malaise tout à l'heure, j'aurais le courage d'aller lui parler au risque qu'elle ne me reconnaisse pas. Peut-être habite-t-elle avenue Dode-de-la-Brunerie, parmi ces centaines et ces centaines de gens qui occupent les grands immeubles. Yvonne Gaucher. Mlle Clément. Voilà des noms qui n'attirent pas l'attention, des noms neutres au point que ceux qui les portent deviennent peu à peu des anonymes.

Il ne pouvait détacher son regard du visage d'Yvonne Gaucher. Il craignait d'attirer son regard à elle. Mais non. Elle parlait avec la jeune fille, et quelques mots parvenaient à Bosmans — surtout ce que disait la jeune fille, d'une voix très claire. Elle vouvoyait Yvonne Gaucher. « Vous gardez votre imperméable ? » lui demandait-elle, et Yvonne Gaucher hochait la tête affirmative-ment. Son visage était recouvert de multiples rides comme ceux qui se sont trop exposés au soleil dans leur jeunesse. Bosmans se souvint de Boyaval et de sa peau grêlée aux pommettes. Mais là, c'est le contraire, se dit-il. Les rides s'effa-cent et je retrouve le visage lisse de cette femme quand nous l'avons connue, Margaret et moi.

Seule la voix le déconcertait, ou plutôt les rares paroles, qui étaient des réponses brèves aux questions que lui posait la jeune fille. Une voix rauque. Elle venait de très loin et elle avait subi l'usure du temps. Bosmans put capter une phrase entière : « Il faut que je sois de retour vers dix heures. » Elle habitait peut-être dans une maison de retraite où les pensionnaires avaient des horaires précis.

Le serveur déposa devant elle une grenadine et une tarte aux pommes. La jeune fille avait commandé un Coca-Cola. Elles échangèrent quelques mots à voix basse. De nouveau, la jeune fille lui tendit l'agenda qu'Yvonne Gaucher feuilleta comme si elle cherchait la date d'un rendez-vous. À cause du col relevé de son imperméable, on aurait dit qu'elle se trouvait dans une salle d'attente et qu'elle consultait l'horaire des trains.

« Il faut que je sois de retour vers dix heures. » Bosmans savait que cette phrase lui resterait en mémoire et que, chaque fois, elle lui causerait un élancement douloureux, une sorte de point de côté. Il ignorerait toujours ce qu'elle voulait dire, et il en éprouverait du remords, comme pour d'autres mots interrompus, d'autres personnes que vous avez laissées échapper. C'est idiot, il n'y a qu'un pas à faire. Je dois lui parler. Il se rappela la plaque de cuivre qui les avait intrigués, Margaret et lui, la première fois, et où étaient gravés deux noms : Yvonne Gaucher. André Poutrel. À cause d'eux, Margaret avait quitté Paris en catastrophe sans qu'il sache jamais ce qui était arrivé. Les jours suivants, il achetait les journaux et cherchait aux pages des faits divers ces deux noms : Yvonne Gaucher. André Poutrel. Rien. Le silence. Le néant. Il s'était souvent demandé si Margaret, elle, en savait plus long. Il se rappelait aussi ce que lui avait dit Yvonne Gaucher dès leur première rencontre : « André vous expliquera. » Mais André ne lui avait rien expliqué. Ou n'en avait pas eu le temps. Quelques années plus tard, il était passé devant le 194 avenue Victor-Hugo. Ce numéro était maintenant celui d'un grand immeuble neuf avec des baies vitrées. Yvonne Gaucher. André Poutrel. C'était comme s'ils n'avaient jamais existé.

Yvonne Gaucher feuilletait son agenda et la jeune fille lui disait quelque chose à voix basse. Mais oui, il n'y a qu'un pas à faire. Je vais lui demander des nouvelles d'André Poutrel et du petit Peter. *Le petit Peter.* C'est ainsi qu'ils l'appelaient. Margaret et moi, nous l'appelions Peter tout court. Elle me donnera enfin toutes les explications depuis le début, depuis l'époque lointaine de « celles et ceux de la rue Bleue... ». Mais impossible de se lever, il se sentait une lourdeur de plomb. Je n'ai pas assez de courage. Je préfère que les choses restent dans le vague. S'il s'était trouvé en compagnie de Margaret, alors ils auraient marché vers la table d'Yvonne Gaucher. Mais là, tout seul... D'ailleurs, était-ce vraiment elle ? Mieux valait ne pas en savoir plus. Au moins, avec le doute, il demeure encore une forme d'espoir, une ligne de fuite vers l'horizon. On se dit que le temps n'a peut-être pas achevé son travail de destruction et qu'il y aura encore des rendez-vous. Il faut que je sois de retour vers dix heures.

La jeune fille buvait son Coca-Cola à l'aide d'une paille. Yvonne Gaucher avait oublié la tarte et la grenadine et regardait droit devant elle. Bosmans retrouvait le regard d'autrefois, cette expression attentive et candide de quelqu'un qui, en dépit de tout, fait confiance à la vie. À un moment, ce regard se posa sur lui, mais elle ne semblait pas le reconnaître.

Des deux, ce fut André Poutrel qu'ils rencontrèrent le premier. Bosmans se trouvait dans la librairie des anciennes éditions du Sablier, en compagnie de Margaret. Il se souvenait bien du temps : un après-midi de froid, de ciel bleu et de soleil, le printemps de l'hiver, la saison qu'il préférait, et qui ne compte que quelques jours, à intervalles irréguliers, en janvier ou en février. Ils avaient décidé de se promener au parc Montsouris, et Bosmans s'apprêtait à accrocher sur la vitre de la porte d'entrée l'écriteau qui datait du temps de Lucien Hornbacher : « Prière à la clientèle de revenir un peu plus tard. » Un homme entra dans la librairie, un blond d'environ quarante ans, vêtu d'un manteau bleu marine.

« Je cherche un vieux livre dont je suis l'auteur. »

L'aspect de cet homme contrastait avec celui des clients habituels. Était-ce le manteau bleu marine, la haute taille, l'allure nonchalante, les cheveux blonds légèrement frisés ? Il ressemblait à Michael Caine, un acteur anglais qui tenait des rôles d'agent secret dans des films se déroulant à Londres et à Berlin. Il s'était présenté à Margaret et à Bosmans en leur serrant la main.

« André Poutrel. »

Et il avait dit avec un sourire ironique :

« Ce livre, je me suis aperçu que je n'en avais même plus un exemplaire chez moi. »

Il était dans le quartier, par hasard. Il avait voulu savoir si la maison d'édition et la librairie existaient toujours. Son livre avait paru quelques années après la mort de Lucien Hornbacher, quand les éditions du Sablier fonctionnaient sur un rythme ralenti, ne publiant pas plus de trois ouvrages par an.

André Poutrel avait accompagné Bosmans dans l'ancien garage qui servait de réserve et ils avaient trouvé deux exemplaires du livre : *Le Cénacle d'Astarté*. Les couvertures étaient défraîchies, mais comme aucun lecteur n'avait encore coupé les pages, ces deux minces volumes gardaient un air de jeunesse.

Puis ils avaient bavardé tous les trois. Bosmans avait répondu aux questions d'André Poutrel concernant les anciennes éditions du Sablier. Oui, son emploi était précaire, ainsi que l'avenir même de la librairie. Souvent, les après-midi se passaient sans qu'il reçoive la visite d'aucun client. Mais il continuait de monter la garde, là-haut, dans l'ancien bureau de Lucien Hornbacher. Jusqu'à quand ?

André Poutrel s'était tourné vers Margaret :

« Et vous, vous travaillez aussi dans la librairie ? »

Elle avait été congédiée la semaine précédente par le professeur Ferne et sa femme sans la moindre explication. Et l'agence Stewart ne lui donnait plus signe de vie.

« Alors, vous êtes gouvernante ? »

Justement lui, André Poutrel, avait un fils et il cherchait quelqu'un qui veille sur lui pendant la journée, et les soirs où il sortait avec sa femme.

« Si cela vous intéresse...

— Pourquoi pas ? » avait répondu Margaret. Et Bosmans avait été surpris par la désinvolture de sa réponse.

Il avait accroché le panneau : « Prière à la clientèle de revenir un peu plus tard » et ils avaient marché tous les trois jusqu'à une voiture anglaise décapotable, garée au coin de l'avenue Reille et de la rue Gazan. Avant d'ouvrir la portière, André Poutrel avait sorti de l'une des poches de son manteau une carte de visite écornée qu'il avait tendue à Margaret.

« Téléphonez-moi si ce travail vous intéresse... »

Il vit que Bosmans tenait à la main l'autre exemplaire de son livre, *Le Cénacle d'Astarté*.

« Surtout, ne vous fatiguez pas à le lire. C'est une erreur de jeunesse. »

Avant de démarrer, il baissa la vitre et leur fit un signe du bras. La voiture s'éloigna le long du parc Montsouris.

« Drôle de type », dit Margaret.

Elle jeta un regard sur la carte de visite et elle la confia à Bosmans.

Docteur André Poutrel
194 avenue Victor-hugo
Paris 16e TRO 32 49

« C'est un toubib », dit Margaret.

Au téléphone, ce docteur avait donné rendez-vous à Margaret une fin d'après-midi en ajoutant qu'ils pouvaient venir « tous les deux ». Le 194 de l'avenue était un immeuble plus bas que les autres, une sorte d'hôtel particulier. À l'entrée, une plaque indiquait : *Docteur André Poutrel — Yvonne Gaucher. 2e étage.*

Ce fut Yvonne Gaucher qui leur ouvrit. Plus tard, quand ils échangèrent leurs impressions, ils tombèrent d'accord tous les deux pour dire qu'elle était bien différente de maître Suzanne Ferne. Ils imaginaient une confrontation entre les deux femmes. Impossible, pensa Bosmans, qu'elles se rencontrent jamais.

Une brune aux yeux clairs, les cheveux coiffés

en queue-de-cheval. Elle portait une veste de daim et une jupe noire serrée à la taille et aux genoux. Elle tenait une cigarette. Bosmans et Margaret n'eurent pas besoin de se présenter. C'était comme si elle les avait toujours connus et qu'elle les avait quittés la veille.

« André reçoit des patients… mais cela ne durera pas longtemps… »

Et elle les guida le long d'un couloir jusqu'à une chambre qui devait être celle d'« André » et la sienne. Des murs blancs. Un lit très large et très bas. Aucun meuble. Elle les fit asseoir au pied du lit.

« Excusez-moi, mais nous sommes plus tranquilles ici… »

Bosmans remarqua sur l'une des tables de chevet un livre qu'il reconnut à cause de sa couverture défraîchie : *Le Cénacle d'Astarté*. Yvonne Gaucher avait surpris son regard.

« C'est gentil à vous de le lui avoir donné, dit-elle à Bosmans. Cela a beaucoup touché André. »

Il y eut un silence que Bosmans voulut rompre. Il finit par dire, avec un sourire :

« Il m'a avoué que c'était une erreur de jeunesse… »

Yvonne Gaucher paraissait embarrassée.

« Oh… c'était toute une période de notre vie… Nous étions imprudents… Enfin, André vous expliquera… »

Et elle se dirigeait vers l'autre table de nuit

où était posé un cendrier. Elle éteignit sa cigarette.

« Vous verrez, dit-elle à Margaret, le petit Peter est un enfant très gentil...

— J'en suis sûre, dit Margaret.

— Vous avez l'habitude des enfants ? demanda Yvonne Gaucher.

— Nous aimons beaucoup les enfants », dit Bosmans.

Il avait répété cette phrase un peu plus tard, devant le docteur André Poutrel. Margaret, Yvonne Gaucher et lui se trouvaient dans une grande pièce aux murs lambrissés, où il donnait ses consultations. Il portait une tunique blanche, boutonnée sur le côté, et Bosmans se dit qu'il était peut-être chirurgien. Mais il n'osait pas lui demander dans quel domaine précis il exerçait la médecine.

« Il faut que je vous présente le petit Peter, dit Yvonne Gaucher à Margaret. Nous allons le chercher à son école. »

Puis, se tournant vers le docteur Poutrel :

« N'oublie pas ton dernier rendez-vous. »

Elle devait être l'assistante de son mari — mais était-ce son mari ? Ils ne portaient pas le même nom sur la plaque, à l'entrée de l'immeuble. Il lui demanda à quelle heure était ce dernier rendez-vous. À sept heures du soir.

Il les raccompagna jusqu'à la porte de l'appartement :

« J'ai lu votre livre, dit Bosmans à l'instant de sortir sur le palier.

— Vraiment ? »

Le docteur Poutrel lui lançait un sourire ironique.

« Alors, je serais curieux d'avoir votre avis. »

Puis il referma doucement la porte.

Sur le trottoir, Bosmans marchait entre Margaret et Yvonne Gaucher. Celle-ci était un peu plus grande que Margaret, malgré ses talons plats. Elle ne semblait pas souffrir du froid dans sa veste de daim légère. Elle en avait simplement relevé le col. Ils montèrent tous les trois dans la voiture anglaise de l'autre jour. Margaret à l'avant.

« Le petit Peter est dans une école, tout près, rue de Montevideo », dit Yvonne Gaucher.

Elle conduisait d'une manière à la fois indolente et nerveuse. Il sembla même à Bosmans que sur le chemin de la rue de Montevideo elle avait brûlé un feu rouge.

Je ne sais presque rien de ces gens, pensa Bosmans. Et pourtant, les rares souvenirs qu'il me reste d'eux sont assez précis. De brèves rencontres où le hasard et la vacuité jouent un rôle plus grand qu'à d'autres âges de votre vie, des rencontres sans avenir, comme dans un train de nuit. Il se créait souvent une certaine intimité entre les voyageurs dans les trains de nuit de sa jeunesse. Oui, j'ai l'impression que nous n'avons cessé, Margaret et moi, de prendre des trains de nuit, de sorte que cette période de nos vies est discontinue, chaotique, hachée d'une quantité de séquences très courtes sans le moindre lien entre elles... Et l'un de nos brefs voyages qui m'a le plus frappé, c'est celui que nous avons fait avec le docteur Poutrel, Yvonne Gaucher et le « petit Peter » — comme ils l'appelaient —, mais que nous préférions, toi et moi, appeler tout simplement Peter.

Impossible de mettre de l'ordre là-dedans, quarante ans après. Il aurait dû s'y prendre plus tôt. Mais comment retrouver maintenant les pièces manquantes du puzzle ? Il fallait se contenter des quelques détails, toujours les mêmes.

Ainsi, il avait gardé, malgré ses déménagements, le livre d'André Poutrel : *Le Cénacle d'Astarté*. Une dédicace était imprimée sur la page de garde : « Pour Maurice Braive et pour celles et ceux de la rue Bleue. » Il avait parcouru distraitement le livre auquel ses quarante pages donnaient plutôt l'aspect d'une brochure. Il y était question d'occultisme et, d'après ce que Bosmans avait cru comprendre, André Poutrel, dans *Le Cénacle d'Astarté*, se faisait le porte-parole d'un groupe indépendant des Hautes Études ésotériques.

« Pour celles et ceux de la rue Bleue »... Décidément, tout finissait par se confondre et

les fils qu'avait tissés le temps étaient si nombreux et si emmêlés… Le soir de leur première
rencontre, Margaret et lui avaient échoué dans
une pharmacie de la rue Bleue. Et vingt ans
plus tard il avait visité l'appartement du premier étage, au numéro 27 de la même rue. Le
concierge, un homme âgé, lui avait dit : « Vous
savez, il s'en est passé de drôles de choses, ici,
dans le temps… » Bosmans se rappelait la dédicace du livre.

« Vous voulez parler d'un M. Maurice Braive ?

L'autre avait paru étonné qu'un homme jeune
eût autant de mémoire. Il lui avait bien donné
des explications, mais elles n'étaient pas très
claires. Ce Maurice Braive réunissait des hommes et des femmes ici, dans l'appartement du
27 de la rue Bleue, pour pratiquer la magie et
d'autres expériences plus répréhensibles « du
point de vue des mœurs ». La messe d'or et la
transmission eucharistique, auxquelles il était
fait allusion dans *Le Cénacle d'Astarté* ? On avait
fini par l'arrêter avec les membres du groupe.
Il était étranger et on l'avait expulsé vers son
pays d'origine.

Bosmans avait demandé, à tout hasard :

« Et un certain André Poutrel, ça ne vous
dit rien ? »

Le concierge avait froncé les sourcils comme
s'il tentait de se rappeler les noms de celles et
ceux de la rue Bleue.

« Oh, vous savez, le soir où ils sont venus les

embarquer, ils étaient au moins une vingtaine ici. Une véritable rafle, monsieur. »

Le premier après-midi que Margaret avait ramené chez lui le petit Peter après l'école, Bosmans l'accompagnait. Ils étaient tombés sur le docteur Poutrel dans le vestibule de l'appartement.

« Alors, vous avez lu mon livre ? Ça ne vous a pas choqué ? »

Il avait un sourire moqueur.

« J'ai bien aimé, avait dit Bosmans. Je suis très intéressé par l'occultisme... mais je n'y comprends pas grand-chose... »

Il regrettait d'avoir pris ce ton légèrement ironique. Après tout, il s'était mis au diapason. C'était le ton qu'adoptait souvent pour lui parler le docteur Poutrel. Ce livre... une erreur de jeunesse, avait répété Poutrel en posant la main sur l'épaule du petit Peter. Il souriait. Il avait encore dit à Bosmans, sur le mode de la plaisanterie :

« Je suis soulagé qu'il n'en reste aucun exemplaire dans votre librairie. Il vaut mieux faire disparaître une bonne fois pour toutes les pièces à conviction. »

Le soir, à Auteuil, dans le bar de Jacques l'Algérien, Margaret lui expliquait que ses nouveaux patrons — ainsi les appelait-elle — ne ressemblaient pas du tout au professeur Ferne et à sa femme. D'après ce qu'elle avait compris, le docteur Poutrel était ostéopathe. Ils avaient cherché la définition de ce terme dans un dictionnaire et, quarante ans après, leur initiative paraissait bien candide à Bosmans... Comme si l'on pouvait fixer par une définition bien précise un André Poutrel, de la même manière qu'un collectionneur épingle un papillon dans une boîte... Le docteur avait avancé à Margaret son salaire du mois d'une curieuse façon : elle l'avait vu sortir de sa poche des chèques froissés et il en avait choisi un qu'un patient lui avait signé et sur lequel il avait rajouté le nom de Margaret en lui disant d'aller le toucher dans une banque, tout près, avenue Victor-Hugo. Et ce salaire était le triple de celui qu'elle gagnait chez le professeur Ferne. Apparemment, Yvonne Gaucher était la collaboratrice du docteur, puisqu'elle occupait seule un petit cabinet de consultation au bout de l'appartement. Les patients ne se rencontraient jamais dans la salle d'attente et ne risquaient pas de se croiser : on les faisait sortir par un long couloir qui donnait accès à l'escalier d'un autre immeuble. Pourquoi ? Par curiosité, elle avait emprunté ce chemin avec le petit Peter, et ils avaient débouché rue de la Faisanderie. C'était d'ailleurs plus court pour l'emmener à l'école.

« Le docteur m'a donné une liste de livres

que tu pourrais peut-être lui trouver dans ta librairie. »

Et elle lui tendait une feuille de papier à lettres bleu ciel pliée en quatre avec leurs deux noms en caractères filigranés : Docteur André Poutrel — Yvonne Gaucher.

Selon Margaret, le petit Peter était très différent, lui aussi, des enfants du professeur Ferne. Elle se demandait s'il était bien le fils du docteur Poutrel et d'Yvonne Gaucher ou s'ils l'avaient adopté. Au physique, il ne ressemblait ni à l'un ni à l'autre.

À l'école Montevideo, la maîtresse avait dit à Margaret qu'il était distrait pendant la classe. Il passait son temps à dessiner sur un carnet de moleskine, sans écouter les cours. Elle ne l'avait pas répété au docteur Poutrel ni à Yvonne Gaucher, par crainte qu'ils ne le grondent. Mais elle s'était vite aperçue de son erreur. C'était le docteur lui-même qui lui avait offert ce carnet de moleskine et elle l'avait vu, à plusieurs reprises, le feuilleter attentivement quand il était en compagnie de l'enfant.

Le petit Peter lui avait montré à elle aussi le carnet noir. Des portraits, des paysages imaginaires. À la sortie de l'école, il la prenait gravement par le bras et marchait ainsi, très droit et silencieux, à côté d'elle.

Des souvenirs en forme de nuages flottants. Ils glissaient les uns après les autres quand Bosmans était allongé sur son divan, au début de l'après-midi, un divan qui lui faisait penser à celui, jadis, du bureau de Lucien Hornbacher. Il fixait le plafond, comme s'il était étendu sur l'herbe d'une prairie et qu'il regardait s'enfuir les nuages.

Un dimanche, le docteur Poutrel et Yvonne Gaucher les avaient invités, Margaret et lui, à déjeuner avec le petit Peter dans une pièce de l'appartement que Bosmans ne connaissait pas. Une table de jardin et des chaises de fer assorties, de la même couleur vert pâle. On avait l'impression que la table et les chaises avaient été installées de manière provisoire dans cette grande pièce vide.

« Nous campons encore un peu ici, avait dit le docteur Poutrel. Nous n'y habitons pas depuis longtemps. »

Ni Margaret ni Bosmans n'avaient été surpris de cela. Après toutes ces années, Bosmans se disait que le docteur Poutrel, Yvonne Gaucher et le petit Peter semblaient s'être introduits par effraction dans l'appartement et l'occuper en fraude. Et nous deux, nous campions nous aussi sans l'autorisation de personne. Pour quels motifs aurions-nous eu, dans nos vies, cette assurance inaltérable et ce sentiment de légitimité que j'avais remarqués chez les personnes bien nées, dont les lèvres et le regard confiants indiquent qu'elles ont été aimées de leurs parents ? Au fond, le docteur Poutrel, Yvonne Gaucher, le petit Peter, toi et moi, nous étions du même monde. Mais lequel ?

Yvonne Gaucher portait un pantalon noir étroit et des ballerines. Bosmans était assis entre elle et Margaret. Avec ses cheveux noirs en queue-de-cheval, elle paraissait à peine plus âgée que Margaret, et pourtant, l'autre jour, elle avait suggéré à Bosmans qu'elle connaissait le docteur Poutrel depuis l'époque lointaine de « celles et ceux de la rue Bleue »... Après le dessert, le petit Peter dessinait sur les pages de son carnet de moleskine.

« Il fait votre portrait », avait dit le docteur Poutrel à Margaret.

Le temps était beau cet après-midi-là. Ils avaient marché jusqu'au bois de Boulogne. Le docteur tenait Yvonne Gaucher par le bras. Peter courait devant eux et Margaret tâchait de le rattraper pour qu'il ne traverse pas tout seul l'avenue sans attendre le feu rouge. Bosmans était frappé par la grâce et la nonchalance d'Yvonne Gaucher, au bras de Poutrel. Il était sûr qu'elle avait été danseuse.

Ils étaient arrivés au bord du lac. Yvonne Gaucher aurait voulu faire une partie de golf miniature avec le petit Peter, là-bas, dans l'île, mais trop de monde attendait sur le ponton le bateau qui allait d'une rive à l'autre.

« Une prochaine fois », avait dit le docteur Poutrel.

Sur le chemin du retour, le petit Peter courait encore devant eux, mais Margaret avait renoncé à le poursuivre. Il se cachait derrière un arbre et, tous les quatre, ils faisaient semblant de ne pas le voir.

« Et vous, comment vous envisagez l'avenir ? » avait demandé brusquement le docteur Poutrel à Bosmans et à Margaret.

Yvonne Gaucher avait souri de cette question. L'avenir... Un mot dont la sonorité semblait aujourd'hui à Bosmans poignante et mystérieuse. Mais, en ce temps-là, nous n'y pensions jamais. Nous étions encore, sans bien nous rendre compte de notre chance, dans un présent éternel.

Bosmans ne savait plus l'âge de Peter à cette époque : entre six et huit ans ? Il retrouvait dans sa mémoire les yeux très noirs, les boucles brunes, son air rêveur et son visage penché sur le carnet de moleskine. C'est vrai, il ne ressemblait pas beaucoup à ses parents. Étaient-ils vraiment ses parents ? Et d'ailleurs, étaient-ils mari et femme, comme disent les préposés à l'état civil ?

Il se souvenait de quelques promenades avec Margaret et Peter, le jeudi, quand on ne l'emmenait pas à l'école Montevideo. Ils marchaient tous les trois dans les rues d'Auteuil, près de chez Margaret. Ou bien au parc Montsouris. Après que Margaret avait disparu, sans qu'il sache si elle était vivante ou morte, il pensait souvent à ces promenades.

Quel drôle de hasard d'avoir été réunis tous les trois, le temps de quelques après-midi... Au parc Montsouris, ils avaient décidé de surveiller Peter chacun à son tour pendant une demi-heure tandis que l'autre pourrait lire ou s'abandonner au fil de ses rêveries. Une fois, par distraction, ils avaient failli perdre Peter dans l'allée du lac. Pourtant, ils avaient déjà l'âge d'être des parents.

Ce jour-là marqua pour Bosmans la fin de quelque chose. Il se demandait souvent : mais en quelle saison était-ce ? Bien sûr, il pouvait consulter les vieux calendriers. À l'aide des points de repère qui lui restaient en mémoire, il finirait par retrouver le jour exact et la saison. Sans doute le printemps de l'hiver, comme il appelait les beaux jours de janvier et de février. Ou l'été du printemps, quand il fait déjà très chaud en avril. Ou simplement l'été indien, en automne — toutes ces saisons qui se mêlent les unes aux autres et vous donnent l'impression que le temps s'est arrêté.

Il cherchait cet après-midi-là dans la réserve les livres dont le docteur Poutrel lui avait écrit la liste sur son papier à lettres :

— *Histoire du groupe Kumris*, de Tinia Faery.

— *Annuaire des chevaliers de l'ordre du Cygne.*

— *La Femme, ses rythmes et les liturgies d'amour*, de Valentin Bresle.

— *La Fraternité d'Héliopolis*, de Claude d'Ygé.

— *L'Unité silencieuse*, de H. Kirkwood.

— *Les Rêves et les moyens de les diriger*, de Hervey de Saint-Denys.

Il entendit la sonnerie grêle qui annonçait l'arrivée d'un client dans la librairie.

Margaret, le visage décomposé. Elle avait du mal à parler. Tout à l'heure, elle se trouvait dans l'appartement, avec le docteur Poutrel, Yvonne Gaucher et le petit Peter. Elle était sur le point d'accompagner Peter à l'école. On avait sonné à la porte. Le docteur Poutrel était allé ouvrir. Des éclats de voix. Dans le vestibule, le docteur Poutrel répétait de plus en plus fort : « Certainement pas… Certainement pas. » Il était entré dans la salle de consultation avec trois hommes et il portait des menottes. Yvonne Gaucher se tenait droite, impassible. Le petit Peter serrait très fort la main de Margaret. L'un des trois hommes s'était dirigé vers Yvonne Gaucher, avait sorti une carte de la poche de sa veste, la lui avait tendue, en disant : « Vous voulez bien nous suivre, madame… » À elle, ils ne mettaient pas les menottes. Les deux autres avaient déjà entraîné le docteur Poutrel hors de la pièce, Yvonne Gaucher s'asseyait au bureau, surveillée de près par le troisième homme. Elle écrivait quelques mots sur une feuille d'ordonnance qu'elle tendait à Margaret.

« Vous emmènerez Peter à cette adresse. »

Elle embrassait Peter sans rien lui dire, elle

quittait la pièce avec l'homme derrière elle, toujours aussi droite, aussi impassible, comme une somnambule.

Le soir, il accompagne Margaret à la gare du Nord. Ils sont passés dans la chambre d'Auteuil où elle a rempli à la hâte sa valise. Elle lui confie la clé de sa chambre au cas où elle aurait oublié quelque chose qu'il puisse venir chercher plus tard. Il ne se rappelle pas si elle avait pris son billet de seconde classe pour le train de nuit de Berlin ou celui de Hambourg. Le départ est à neuf heures. Ils ont encore une heure devant eux. Ils sont assis l'un en face de l'autre dans l'arrière-salle d'un café, boulevard Magenta, et elle lui montre le papier que lui a donné l'un des hommes qui ont emmené le docteur Poutrel et Yvonne Gaucher. Il faut qu'elle se présente le lendemain matin à dix heures quai des Orfèvres. Elle a dû montrer son passeport périmé qu'elle porte toujours sur elle et l'homme a noté son nom et le numéro du passeport. Bosmans tâche encore de la raisonner et de la convaincre de rester à Paris. Mais non, Jean, ce n'est pas possible. Ils savent des choses sur moi que je ne t'ai pas dites et qui sont dans leurs dossiers. Elle préfère disparaître plutôt que de se présenter demain devant eux. D'ailleurs, elle ne pourrait rien leur dire concernant le docteur Poutrel et Yvonne Gaucher. Elle ne sait rien. Elle n'a jamais rien su. Et puis, de toute façon, je ne sais pas ce que je sais. Elle est bien décidée, depuis longtemps, à ne plus répondre aux questions. Crois-moi, Jean, quand ils tiennent des gens comme nous, ils ne les relâchent jamais.

Il lui restait encore, après toutes ces années, une vingtaine de livres des éditions du Sablier qu'il avait entassés dans un grand sac de toile le jour où on lui avait signifié son congé. On allait construire un immeuble à la place de la librairie et de l'ancien garage qui servait de réserve. Parmi ces livres, les ouvrages d'occultisme qu'il n'avait pas eu le temps d'apporter au docteur Poutrel.

Enfoui dans l'un d'eux, il venait de retrouver une feuille d'ordonnance du docteur Poutrel. On y lisait ces mots à l'encre bleue et d'une grande écriture : « Chez Mlle Suzanne Kraay. 32 rue des Favorites, Paris 15ᵉ. » Malgré tout ce temps, l'encre lui sembla encore fraîche. Il n'était pas trop tard pour aller au rendez-vous. Gare du Nord, avant de monter dans le train de nuit, Margaret lui avait donné ce papier : l'adresse écrite à la hâte par Yvonne Gaucher et où elle avait dû emmener Peter, cet après-midi-là. Bosmans était resté un moment dans le compartiment avec elle. Dès qu'elle serait arrivée à Hambourg ou à Berlin, elle lui indiquerait son adresse et il viendrait la rejoindre. Le mieux, lui avait-il dit, c'était de lui envoyer un mot ou de lui téléphoner à la librairie du Sablier, Gobelins 43 76. Mais les années passèrent et il n'y eut jamais de lettres ni de sonnerie de téléphone.

Depuis le moment où on l'avait congédié et qu'il avait quitté pour toujours l'ancien bureau de Lucien Hornbacher avec son sac bourré de livres, il faisait souvent le même rêve. Le téléphone sonnait longtemps dans le bureau désert, il entendait les sonneries à distance, mais il ne pouvait retrouver le chemin de la librairie, il se perdait dans un dédale de petites rues d'un quartier de Paris qu'il ne connaissait pas et qu'il essayait vainement de localiser sur un plan, au réveil. Bientôt, il n'entendit plus aucune sonnerie de téléphone dans ses rêves. L'adresse de la librairie du Sablier n'existait plus et les lettres de Hambourg ou de Berlin n'arriveraient jamais à destination. Le visage de Margaret finit par s'éloigner et se perdre à l'horizon, comme le soir, à la gare du Nord, quand le train s'était ébranlé et qu'elle était penchée par-dessus la vitre et lui faisait encore quelques signes du bras. Lui-même, dans les années confuses qui avaient suivi, il avait pris tant de trains de nuit...

Il ne connaissait pas cette rue. Pourtant, il avait fréquenté le quartier à diverses périodes de sa vie, et il était souvent descendu à la station

Volontaires. Il se demandait pourquoi, après le départ de Margaret, il n'avait pas cherché à savoir ce qu'étaient devenus le petit Peter et ses étranges parents. Les premiers temps, il avait éprouvé une si profonde sensation de vide à cause du silence de Margaret... Et puis, peu à peu, l'oubli avait repris momentanément le dessus.

32 rue des Favorites. Cinq étages. Il restait là, sur le trottoir opposé, à contempler la façade. Il ne risquait pas d'attirer l'attention des passants. Un samedi après-midi. La rue était déserte. Dans une autre vie et un autre siècle, à quel étage était montée Margaret avec le petit Peter pour le confier à la dénommée Suzanne Kraay ? Chaque étage comptait cinq fenêtres, et celles du milieu de la façade étaient en saillie, au-dessus de la porte d'entrée. Des balcons, des terrasses, une corniche au cinquième étage.

Il frappa à la porte du concierge.

« Mlle Suzanne Kraay habite toujours ici ? »

Une femme, d'une trentaine d'années. Elle semblait ne pas comprendre. Elle le fixait d'un œil soupçonneux. Il lui épela le nom. Elle eut un mouvement négatif de la tête. Puis elle referma la porte de sa loge.

Il s'y attendait, mais cela n'avait aucune importance. Dehors, il demeura encore quelques instants devant la façade. Du soleil. La rue était silencieuse. Il avait la certitude, à ces instants-là, qu'il suffisait de rester immobile sur le trottoir et l'on franchissait doucement un mur invisible. Et pourtant, on était toujours à la même place. La rue serait encore plus silencieuse et plus ensoleillée. Ce qui avait lieu une fois se répétait à l'infini. De là-bas, du bout de la rue, Margaret s'avancerait vers lui et l'immeuble du 32, tenant à la main le petit Peter — le môme, comme elle disait.

C'était l'été à Berlin. Jusque tard dans la nuit, les tramways passaient en décrivant une large courbe au tournant de Zionskirchstrasse et de la Kastanienallee. Ils étaient presque vides. Bosmans pensait qu'il suffisait de prendre l'un d'eux, au hasard, pour rejoindre Margaret. Il aurait l'impression de remonter le cours du temps. Tout était plus simple qu'il ne l'avait cru. À Paris, il avait bien essayé de taper LE COZ, puis MARGARET LE COZ sur le clavier, mais cela ne donnait rien. Dans son demi-sommeil, des phrases lui étaient revenues en mémoire, comme celles qui vous poursuivent, par bribes, les nuits de fièvre : « Alors, vous êtes née en Bretagne ? — Non. À Berlin. » Sur le clavier, il avait associé MARGARET LE COZ et BERLIN. Une seule réponse au milieu de l'écran : MARGARET LE COZ — Ladijnikov Buchladen. Dieffenbach-strasse 16. 10405 Berlin. Telefon / Fax + 49.(o)30.44.05.60.15. Il ne téléphonerait pas.

Il ne prendrait pas l'un de ces tramways vides qui passaient dans la nuit. Ni le métro. Il irait à pied.

Il était parti, au début de l'après-midi, du quartier de Prenzlauer Berg, un plan de Berlin dans sa poche. Il avait tracé le chemin avec un stylo rouge. Parfois, il s'égarait. En descendant la Prenzlauer Allee, il s'était dit qu'il pouvait suivre une rue, à gauche, et que ce serait un raccourci. Il avait débouché sur un petit bois semé de tombes. Dans l'allée centrale de ce cimetière forestier, une jeune fille le dépassa à vélo, avec un enfant sur le porte-bagages. Le long de la Karl Marx Allee, il n'était pas vraiment dépaysé, malgré l'avenue trop large et les immeubles en béton, l'aspect de gigantesques casernes. Mais cette ville a mon âge. Moi aussi, j'ai essayé de construire, au cours de ces dizaines d'années, des avenues à angle droit, des façades bien rectilignes, des poteaux indicateurs pour cacher le marécage et le désordre originels, les mauvais parents, les erreurs de jeunesse. Et malgré cela, de temps en temps, je tombe sur un terrain vague qui me fait brusquement ressentir l'absence de quelqu'un, ou sur une rangée de vieux immeubles dont les façades portent les blessures de la guerre, comme un remords. Il n'avait plus besoin de consulter le plan. Il marchait droit devant lui, il traversait le pont de la voie ferrée, puis un autre pont sur la Spree. Et si c'était un détour, cela n'avait aucune importance.

En bordure du Görlitzer Park, des jeunes gens étaient assis aux tables des cafés, au milieu du trottoir. Désormais, Margaret et moi, nous devons être les plus vieux habitants de cette ville. Il traversa le parc qui lui sembla d'abord une clairière, puis un interminable terrain vague. Autrefois, ici, il y avait une gare, d'où Margaret était peut-être partie dans le train de nuit. Mais comment le savait-il ? Tout se brouillait dans sa tête. Il suivait maintenant le canal, sous les arbres, et il se demanda s'il n'était pas au bord de la Marne.

Il avait franchi un petit pont. Devant lui, un square où jouaient des enfants. Il s'assit à une table de la terrasse d'une pizzeria, d'où il voyait le pont, les immeubles et les arbres qui bordaient le canal, de l'autre côté. Il avait trop marché. Ses jambes lui faisaient mal.

À la table voisine de la sienne se tenait un homme d'une trentaine d'années qui venait de refermer un livre au titre anglais. Bosmans lui demanda où se trouvait la Dieffenbachstrasse. C'était là, tout près, la première à gauche.

« Vous connaissez la librairie Ladijnikov ? »

Il lui avait posé la question en anglais.

« Oui, très bien.

— C'est une femme qui tient la librairie ?

— Oui. Je crois qu'elle est d'origine française. Elle parle allemand avec un très léger accent français. À moins qu'elle ne soit russe…

— Vous êtes l'un de ses clients ?

« — Depuis deux ans. Elle avait repris l'ancienne librairie russe, du côté de Savigny Platz. Puis elle est venue ici.

— Et pourquoi la librairie s'appelle Ladijnikov ?

— Elle a gardé le nom de l'ancienne librairie russe, celle d'avant la guerre. »

Lui-même était américain, mais il vivait depuis quelques années à Berlin, pas très loin d'ici, dans les parages de la Dieffenbachstrasse.

« Elle a toujours des livres et des documents très intéressants sur Berlin.

— Quel âge a t-elle ?

— Votre âge. »

Bosmans ne se rappelait plus quel était son âge.

« Elle est mariée ?

— Non, je crois qu'elle vit seule. »

Il s'était levé et serrait la main de Bosmans.

« Je vous accompagne à la librairie, si vous voulez...

— Je n'y vais pas tout de suite. Je reste un peu ici, au soleil.

— Si vous avez besoin d'autres renseignements... je travaille à un livre sur Berlin... » Il lui tendait une carte de visite. « Je suis presque toujours dans le quartier. Vous transmettrez mes amitiés à la libraire. »

Bosmans le suivit du regard. Il disparut au coin de la Dieffenbachstrasse. Sa carte de visite portait le nom de Rod Miller.

Tout à l'heure, il entrerait dans la librairie.

Il ne saurait pas très bien comment engager la conversation. Peut-être ne le reconnaîtrait-elle pas. Ou l'avait-elle oublié. Au fond, leurs chemins s'étaient croisés un laps de temps très court. Il lui dirait :

« Je vous transmets les amitiés de Rod Miller. »

Il suivait la Dieffenbachstrasse. Une averse tombait, une averse d'été dont la violence s'atténuait à mesure qu'il marchait en s'abritant sous les arbres. Longtemps, il avait pensé que Margaret était morte. Il n'y a pas de raison, non, il n'y a pas de raison. Même l'année de nos naissances à tous les deux, quand cette ville, vue du ciel, n'était plus qu'un amas de décombres, des lilas fleurissaient parmi les ruines, au fond des jardins.

Il était fatigué d'avoir marché si longtemps. Mais il éprouvait pour une fois un sentiment de sérénité, avec la certitude d'être revenu à l'endroit exact d'où il était parti un jour, à la même place, à la même heure et à la même saison, comme deux aiguilles se rejoignent sur le cadran quand il est midi. Il flottait dans une demi-torpeur en se laissant bercer par les cris des enfants du square et le murmure des conversations autour de lui. Sept heures du soir. Rod Miller lui avait dit qu'elle laissait la librairie ouverte très tard.

DU MÊME AUTEUR

Aux Éditions Gallimard

LA PLACE DE L'ÉTOILE, *roman*. Nouvelle édition revue et corrigée en 1995 (« Folio », *n° 698*).

LA RONDE DE NUIT, *roman* (« Folio », *n° 835*).

LES BOULEVARDS DE CEINTURE, *roman* (« Folio », *n° 1033*).

VILLA TRISTE, *roman* (« Folio », *n° 953*).

EMMANUEL BERL, INTERROGATOIRE *suivi de* IL FAIT BEAU ALLONS AU CIMETIÈRE. *Interview, préface et postface de Patrick Modiano* (« Témoins »).

LIVRET DE FAMILLE (« Folio », *n° 1293*).

RUE DES BOUTIQUES OBSCURES, *roman* (« Folio », *n° 1358*).

UNE JEUNESSE, *roman* (« Folio », *n° 1629*; « Folio Plus », *n° 5*, avec notes et dossier par Marie-Anne Macé).

DE SI BRAVES GARÇONS (« Folio », *n° 1811*).

QUARTIER PERDU, *roman* (« Folio », *n° 1942*).

DIMANCHES D'AOÛT, *roman* (« Folio », *n° 2042*).

UNE AVENTURE DE CHOURA, *illustrations de Dominique Zehrfuss* (« Albums Jeunesse »).

UNE FIANCÉE POUR CHOURA, *illustrations de Dominique Zehrfuss* (« Albums Jeunesse »).

VESTIAIRE DE L'ENFANCE, *roman* (« Folio », *n° 2253*).

VOYAGE DE NOCES, *roman* (« Folio », *n° 2330*).

UN CIRQUE PASSE, *roman* (« Folio », *n° 2628*).

DU PLUS LOIN DE L'OUBLI, *roman* (« Folio », *n° 3005*).

DORA BRUDER (« Folio », *n° 3181*; « La Bibliothèque Gallimard », *n° 144*).

DES INCONNUES (« Folio », *n° 3408*).

LA PETITE BIJOU, *roman* (« Folio », *n° 3766*).

ACCIDENT NOCTURNE, *roman* (« Folio », *n° 4184*).

UN PEDIGREE (« Folio », *n° 4377*).

TROIS NOUVELLES CONTEMPORAINES, *avec Marie NDiaye et Alain Spiess*, lecture accompagnée par Françoise Spiess (« La Bibliothèque Gallimard », n° 174).

DANS LE CAFÉ DE LA JEUNESSE PERDUE, *roman* (« Folio », n° 4834).

L'HORIZON, *roman* (« Folio », n° 5327).

En collaboration avec Louis Malle

LACOMBE LUCIEN, *scénario* (« Folioplus classiques », n° 147, dossier par Olivier Rocheteau et lecture d'image par Olivier Tomasini).

En collaboration avec Sempé

CATHERINE CERTITUDE. *Illustrations de Sempé* (« Folio », n° 4298 ; « Folio Junior », n° 600).

Dans la collection « Écoutez lire »

LA PETITE BIJOU (3 CD).

DORA BRUDER (2 CD).

UN PEDIGREE (2 CD).

Aux Éditions P.O.L

MEMORY LANE, en collaboration avec Pierre Le-Tan

POUPÉE BLONDE, en collaboration avec Pierre Le-Tan

Aux Éditions du Seuil

REMISE DE PEINE.

FLEURS DE RUINE.

CHIEN DE PRINTEMPS.

Aux Éditions Hoëbeke

PARIS TENDRESSE, *photographies de Brassaï.*

Aux Éditions Albin Michel

ELLE S'APPELAIT FRANÇOISE..., en collaboration avec Catherine Deneuve.

Aux Éditions du Mercure de France

ÉPHÉMÉRIDE (« Le Petit Mercure »).

Aux Éditions de L'Acacia

DIEU PREND-IL SOIN DES BŒUFS ? en collaboration avec
Gérard Garouste.

Aux Éditions de L'Olivier

28 PARADIS, en collaboration avec Dominique Zehrfuss.

COLLECTION FOLIO

Dernières parutions

Composition Nord Compo
Impression Novoprint
à Barcelone, le 23 octobre 2011
Dépôt légal : octobre 2011

ISBN 978-2-07-044337-6./Imprimé en Espagne.

183061